DES

SUBSTANCES ALIMENTAIRES

ET DES

MOYENS

D'EN RÉGLER LE CHOIX ET L'USAGE.

Il faut que tout homme sage, persuadé que la santé est un trésor précieux, connaisse ce qui peut occasionner les maladies, et se fasse une règle de le fuir.

HIPPOCRATE.

Toute personne attentive à conserver sa santé, doit s'instruire, entre autres choses, de la nature des alimens.

ORIBASE.

Les préjugés, les erreurs, en ce qui concerne les alimens, peuvent détruire la santé des hommes les plus robustes, deviennent souvent funestes aux personnes délicates, entravent presque toujours la guérison des maladies.

(*L'Auteur.*)

Les substances alimentaires peuvent devenir, par une administration méthodique, des instrumens très puissans pour la guérison des maladies.

BARBIER.

Que ceux qui ne croient pas à l'influence du régime sur le moral, viennent près de moi, et qu'ils suivent mes conseils, quant aux alimens et aux boissons; je leur promets qu'ils en retireront de grands secours pour la philosophie; ils sentiront augmenter les forces de leur ame; ils acquerront plus de génie, de mémoire et de prudence.

GALIEN.

DES
SUBSTANCES ALIMENTAIRES

ET DES

MOYENS

D'EN RÉGLER LE CHOIX ET L'USAGE

Pour conserver la santé;

Pour favoriser la guérison des maladies de longue durée;

Et pour tirer parti de l'influence que l'alimentation
peut exercer sur le caractère, l'intelligence,
les passions, etc.

PAR N.-A. HÉBERT

Docteur en médecine de la Faculté de Paris.

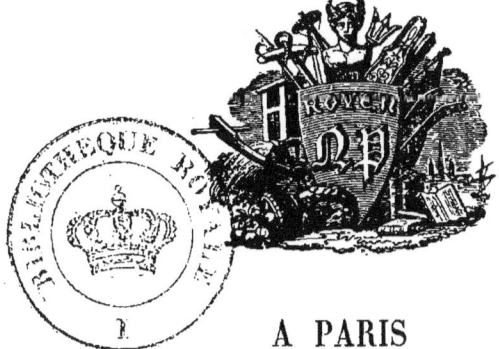

A PARIS

CHEZ GERMER BAILLIÈRE, LIBRAIRE–ÉDITEUR

RUE DE L'ÉCOLE-DE-MÉDECINE, 17

A ROUEN

CHEZ L'AUTEUR, RUE AUX OURS, 4

—

1842

SOMMAIRE.

(L'ouvrage se termine par une *Table alphabetique.*)

PREMIÈRE PARTIE.

TROISIÈME PARTIE.

———••••———

LISTE

DES AUTEURS CITÉS.

NOTE

Indiquant les ouvrages qui ont été consultés et les sources où ont été puisés les renseignemens.

En travaillant à cet ouvrage, j'ai dû consulter les meilleurs écrits qui ont pour objet les alimens, ou qui se rattachent à cette branche de la médecine diététique. Les sources où j'ai puisé principalement, sont : l'article Aliment, publié par Hallé et Nysten, dans le Dictionnaire des Sciences médicales ; le Dictionnaire des Substances alimentaires du docteur Aulagnier ; quelques articles du Dictionnaire abrégé des Sciences médicales ; le Traité d'Hygiène du professeur Rostan, celui du docteur Deslandes ; le Traité d'Hygiène appliqué à la thérapeutique, mis au jour par le professeur Barbier; les Leçons de Chimie du professeur Girardin ; et les ouvrages de Tourtelle, de Andry, de Lemry, de Frédéric Hoffmann; de Parmentier, sur les farineux ; et de M. Jullien, sur les vignobles de France. J'ai eu soin d'examiner aussi quelques traités sur l'art culinaire; mais, livré depuis près de vingt-cinq ans à l'exercice de la médecine, j'ai, par-dessus tout, pris conseil de l'expérience, soit pour admettre ce qui m'a paru mériter l'attention, soit pour suppléer à ce que je n'ai pas trouvé dans les auteurs.

Je ne terminerai point sans offrir ici à M. le professeur Des Alleurs, médecin à l'Hôtel-Dieu de Rouen, mes justes remercimens pour les renseignemens utiles qu'il a eu l'obligeance de me donner.

ESSAI RAISONNÉ

SUR LA PARTIE DE L'HYGIÈNE

RELATIVE AUX

SUBSTANCES ALIMENTAIRES.

CONSIDÉRATIONS

SUR LA NÉCESSITÉ DE RÉGLER LE CHOIX ET L'USAGE

DES SUBSTANCES ALIMENTAIRES.

*Les vérités que le public aime le moins à entendre,
sont souvent celles qu'il lui importe le plus de savoir.*

CHAQUE jour on peut reconnaître combien il est avantageux de régler le choix et l'usage des alimens pour conserver sa vie, sa santé, ses forces, ses facultés, et surtout pour obtenir guérison dans un grand nombre de maladies.

Les connaissances qui s'y rapportent ne doivent pas être dédaignées par les individus forts, car ils sont souvent victimes de l'insouciance qu'ils mettent à s'instruire et à s'observer à ce sujet.

Elles présentent aux individus faibles, délicats, des moyens assurés d'améliorer leur santé, de mieux résister aux influences morbifiques dont ils doivent, plus que d'autres, redouter les effets, et de prolonger leur carrière au-delà des limites que semble assigner leur frêle organisation.

Et elles sont, pour ainsi dire, indispensables, lorsque la santé est altérée depuis long-temps. On parvient alors rarement à la réparer, sans s'aider de leur secours, tandis qu'en observant les seules règles qu'elles indiquent, on obtient, parfois, la guérison de maladies graves et opiniâtres.

« Il n'est pas rare, dit le professeur Barbier, de rencontrer des personnes qui, après avoir inutilement employé beaucoup de médicamens, ont vu leurs maux cesser, parce qu'elles changeaient tout-à-coup de nourriture, et qu'elles adoptaient un régime insolite. » *Hyg.*, t. II, p. 35.

Selon Galien, « la plupart des médecins les plus célèbres qui se sont occupés avec un soin particulier de l'étude des propriétés des alimens, ont déclaré, d'un commun accord, que c'est presque ce que la médecine offre de plus utile [1]. »

Les alimens forment une des parties essentielles

---

[1] « De facultatibus quæ alimentis insunt, plerique præstantissi-morum medicorum, præcipuo studio in eam speculationem conversi conscripserunt, quod omnium, quæ sunt in medicinâ, ea prope-modùm sit utilissima. » Galeni, *De Alimentor. Facult.*, lib. 1.

de l'hygiène, et, dans tous les temps, cette science
a été l'objet de l'attention particulière des hommes
qui ont acquis une célébrité méritée dans la pratique
de la médecine.

L'hygiène est, en effet, d'un immense secours
dans le traitement des maladies; elle offre, surtout
contre les maladies de longue durée, des moyens
de guérir, en général, plus sûrs, plus positifs que
les médicamens proprement dits; elle expose beaucoup moins à de trompeuses conjectures. Cependant,
elle n'est pas aussi en faveur auprès des malades;
et si, à cause des inconvéniens que présente l'emploi
des médicamens actifs, le médecin cherche, par
l'application exacte des règles de l'hygiène, à s'abstenir d'ordonner ces médicamens, autant, toutefois,
qu'il peut le faire avec avantage, il retire peu de
gloire des guérisons même les plus inespérées! Il
suit pourtant la méthode le plus franchement curative et conservatrice, celle dont l'expérience lui
démontre chaque jour les heureux effets; mais on
méconnaît alors, le plus souvent, l'influence de son
art!

Le public n'attribue guère aux soins du médecin,
que les succès qui paraissent dûs à l'emploi des médicamens comme moyen principal! Et il ignore toute
la puissance de l'hygiène contre les maladies, puissance qui, pourtant, agit sans cesse sur leurs effets
et sur leurs causes; qui dispose, qui conduit à la

guérison, en modifiant l'organisme, en ménageant les forces du sujet ; qui dispense, dans un grand nombre de cas, lorsqu'elle est bien réglée et sagement dirigée, de produire par les remèdes ces secousses, ces troubles, cette action forte, qui peuvent, il est vrai, devenir salutaires, mais qu'il faut craindre de provoquer chez certains individus.

Cependant, l'action apparente de ces remèdes leur donne presque toujours tant de prépondérance dans l'opinion publique, que si le médecin procède le plus ordinairement à l'aide de l'hygiène, il s'attire souvent le blâme, et parfois même le ridicule, et, quoiqu'il agisse sous l'impulsion de son savoir, de son expérience, de son devoir, et qu'il obtienne des résultats heureux, il n'est pas moins en butte à d'injustes critiques, inconvéniens inévitables et qu'il faut savoir subir, lorsqu'on doit lutter contre des préjugés, contrarier des goûts ou changer des habitudes !

De là, sans doute, cette foule de composés pharmaceutiques, adoptés avec empressement, tandis qu'on néglige volontiers les agens que fournit l'hygiène ; mais les médecins, véritablement distingués par leur talent d'observation, reconnaissent que les médicamens, et en particulier les médicamens actifs, ne conviennent que dans des circonstances bien moins fréquentes qu'on ne l'imagine communément ; ils avouent que le régime doit, en général, être la base d'une méthode curative ; qu'il est souvent le meilleur, le principal moyen pour guérir; qu'il suffit contre un grand nombre de maladies de longue durée; qu'il est souverain, surtout, pour améliorer de mauvaises dispositions du corps, et qu'il exerce la plus heureuse influence pour prévenir les divers états de langueur, les infirmités cruelles, les maladies violentes, et même les morts promptes et imprévues, événemens dont on s'étonne chaque jour, et contre lesquels on accusera long-temps la science d'être impuissante, tant qu'on méconnaîtra les sages préceptes qu'elle proclame sur la manière de régler le genre de vie selon la constitution et la disposition individuelle.

« Craton, qui fut successivement médecin de trois empereurs, et dont l'expérience rend l'autorité si respectable, avance avec vérité que ceux qui veulent suivre un régime exact, n'ont pas besoin de meilleurs médicamens; car, ajoute-t-il, il n'est rien qu'on ne doive entreprendre pour conserver la santé, avant d'avoir recours aux remèdes. » Fr. Hoffmann.

Le célèbre Tronchin, dit le professeur Moreau, de la Sarthe, dut en partie sa réputation au soin qu'il prenait de n'employer les médicamens que lorsqu'il ne pouvait compter assez sur les ressources de l'hygiène.

Cheyne, dans son *Essai sur la Santé et une longue Vie*, « *Essay on Health and long Life*», se montre grand partisan du régime, et c'est l'ouvrage que le savant Haller considérait comme le meilleur de tous

ceux qui ont été publiés sur la santé des gens de
lettres et des personnes faibles. Dans ce livre, où
Cheyne s'occupe des individus sédentaires, de ceux
qui s'appliquent aux affaires ou à l'étude, de ceux
qui ont les nerfs faibles, des complexions délicates,
des vieillards, des personnes affectées de maladies
chroniques, etc., etc., il affirme que tous ces individus peuvent conserver leur santé ou l'améliorer,
sans pour cela renoncer à leurs occupations, pourvu
qu'ils s'assujétissent à des règles sur le régime; il
assure aussi que ces règles, observées avec beaucoup
de persévérance, ont guéri un grand nombre de
maladies déclarées incurables, ou les ont amenées à un
état très supportable, lors même qu'elles avaient
long-temps donné lieu à des crises pénibles que rien
ne pouvait adoucir.

L'expérience m'a convaincu, comme beaucoup
d'autres médecins, de la vérité de ce que Cheyne
avance ici sur la puissance du régime, et je puis ajouter,
de plus, que cette puissance, dirigée avec discerne-
ment, a été aussi d'un grand secours pour des femmes
dont la grossesse était des plus pénibles ; pour celles
dont les accouchemens étaient difficiles, et pour
prévenir les accidens qui surviennent quelquefois
pendant ou après les couches.

Huxam dit, par rapport au régime, que cette
partie de la médecine n'est pas autant étudiée qu'elle
devrait l'être ; que, toute simple et toute modeste

qu'elle est, c'est pourtant la méthode de guérir la plus facile et la plus naturelle.

On lit, dans l'*Histoire de la Médecine*, par Sprengel : « Le régime est, de toutes les branches de la médecine, celle qui contribue le plus à la guérison des maladies, parce que les effets des moyens qu'elle propose sont durables, tandis que ceux des médicamens ne tardent pas à se dissiper. »

On trouve encore, dans le même auteur : « qu'il existe une multitude incroyable de maladies chroniques, contre lesquelles l'art ne peut souvent pas atteindre son but avec les ressources que lui offre la matière médicale, et se voit obligé d'avoir recours au régime, en changeant complètement le genre de vie. » Les maladies qu'il désigne à cette occasion, sont les spasmes, la goutte, la gravelle, les hémorroïdes, l'hypocondrie, l'hystérie, les maladies de peau, l'hydropisie, les catarrhes, qui se renouvellent à chaque instant, la phthisie, les ulcères opiniâtres aux jambes, etc., etc.

Sydenham avertit que les médicamens ne suffisent pas seuls pour guérir les maladies chroniques, et qu'il faut, outre cela, porter toute son attention sur le régime ; sans quoi tout ce qu'on tenterait, d'ailleurs, serait inutile. (*Opera medica* , p. 475.)

Il arrive, le plus souvent, que la constitution actuelle des humeurs et des organes, est comme identifiée avec les affections chroniques ; celles-ci, alors.

ne peuvent être guéries que par une sorte de rénovation générale du système vivant. Or, le régime
seul, nous dit avec raison le professeur Barbier, a
le pouvoir d'opérer cette grande mutation. (*Hyg.*,
t. II, p. 34.)

Je citerai encore ce passage de l'illustre auteur
de la *Médecine raisonnée* : « Toute la méthode
curative d'Asclépiade, dit-il, était renfermée dans
le régime. Si nous lisons avec attention le quatrième
livre de la *Médecine de Celse*, où il traite de la
manière de guérir presque tous les vices qui ont fixé
leur siége dans les parties intérieures du corps, nous
verrons que ce grand homme la fait principalement
consister dans le changement d'air, de lieu, de genre
de vie, d'alimens liquides et solides, dans l'abstinence, les différens mouvemens et exercices du corps,
les frictions, les bains et les linimens. Parmi les
médecins, ceux qui ont enrichi la postérité de dé-
couvertes utiles, et sur les pas desquels on peut
marcher en sûreté, comme Sanctorius, Mercurialis,
Montanus, Lancisi, Baglivy, Rumazzini, ont obli-
gation de ce qu'ils ont laissé de plus avantageux, à
l'étude exacte qu'ils avaient faite de cette principale partie de la médecine..... Et, pour parler vrai,
ajoute ce praticien célèbre, il est très certain que
les remèdes et les préceptes diététiques sont d'un
plus grand secours, non-seulement pour prévenir, mais même pour guérir, surtout les maladies.

chroniques, que les médicamens de la pharmacie et les secrets les plus vantés. » Fr. Hoffmann, t. III, p. 328.

Enfin, un régime bien entendu est la condition la plus favorable au retour à la santé dans les maladies de longue durée. Les services rendus à l'art de guérir, par les travaux des médecins modernes, et notamment par ceux du professeur Broussais, ont donné une nouvelle vie à ce précepte, qui toujours a été pris pour guide par les médecins vraiment observateurs et praticiens consciencieux.

Mais ce n'est pas seulement pour améliorer le corps de l'homme que l'on peut tirer parti du régime; il offre encore une ressource précieuse pour agir favorablement sur le moral, et par conséquent sur le caractère, l'intelligence, les passions, etc.

« Que ceux, dit Galien, qui ne pensent pas que la différence des alimens rende les uns tempérans, les autres dissolus; les uns chastes, les autres incontinens; les uns braves, les autres lâches; ceux-ci doux, ceux-là querelleurs; les uns modestes, les autres présomptueux; que ceux, continue-t-il, qui nient cette vérité, viennent près de moi; qu'ils suivent mes conseils pour les alimens et les boissons, je leur promets qu'ils en retireront de grands secours pour la philosophie morale; ils sentiront augmenter les forces de leur ame; ils acquerront plus de génie, de mémoire et de prudence. » Hippocrate, Plutarque,

Platon, Aristote et beaucoup d'autres philosophes, pensaient de même sur ce point.

« L'ame est troublée, dit le savant Fr. Hoffmann, par les qualités nuisibles des choses dont nous faisons continuellement usage, telles que l'air, les alimens, les exercices, etc. Hippocrate, ajoute-t-il, l'a très judicieusement remarqué dans son *Traité du régime*: « Si quelqu'un veut rendre son ame plus sage, c'est par le régime qu'il y réussira. » Liv. 2, chap. 1er.

On sait que Moïse et les fondateurs de la religion chrétienne ont compris le régime dans leurs institutions pour conserver la santé de l'homme, et le rendre en même temps plus accessible aux conseils de la raison.

Mais la partie du régime relative aux alimens, est celle qui présente le plus de difficultés, et donne lieu au plus grand nombre d'erreurs. Parmi les fautes qui se commettent en ce qui concerne cette branche de l'hygiène, on peut signaler, comme étant les plus fréquentes, l'habitude d'user de substances alimentaires qui se digèrent trop difficilement pour le degré de force des organes digestifs, ou qui développent à l'excès la chaleur ou la sensibilité, eu égard aux dispositions individuelles ; de prendre pour faciles à digérer des substances de digestion difficile ; de rechercher comme rafraîchissantes, soit celles qui échauffent, par exemple, le cresson, le cerfeuil, le poivre même, soit d'autres regardées à tort comme capables de rafraîchir, telles que le pain de seigle, la chicorée sauvage, etc., etc.; de rendre lourds et irritans, en ayant recours à certaines préparations, des alimens doux et très digestibles; de faire usage de quelques boissons et de quelques mets, quand leur température est encore très élevée, comme on le voit fréquemment pour le thé, le café, le bouillon, les soupes, etc.; d'admettre, sur le régime alimentaire, une foule d'opinions fausses et dangereuses, accréditées dans le public, et particulièrement à l'emploi des viandes, des assaisonnemens, des boissons alcooliques et du café; d'apporter trop peu d'attention à l'influence exercée sur le succès des alimens par les autres choses nécessaires à la vie, telles que les exercices, les affections morales, la température de l'air, etc., etc.

Et ces fautes peuvent avoir pour conséquence prochaine ou éloignée d'occasionner les maladies les plus graves. Ce sont les fautes de ce genre, dit Huffeland, qui contribuent le plus à abréger nos jours.

Elles sont au moins une des principales causes qui empêchent la plupart des hommes de parvenir au terme naturel de l'existence; en sorte que la moitié environ des enfans meurent avant d'avoir atteint l'âge de huit ans, que les deux tiers du genre humain périssent avant la trente-neuvième année, les trois quarts avant la cinquante-unième, et que, comme l'observe Buffon, de neuf enfans qui naissent, un

seul arrive à soixante-dix ans. (Renseignemens extraits de la *Physiologie* de Richerand, p. 5o6, t. 2.)

Il serait avantageux assurément que des médecins,
mûris par l'expérience, indiquassent à chacun la
nature des alimens qui lui conviennent. Huffeland
rapporte que les anciens étaient, en cela, plus rai-
sonnables que nous, qu'ils avaient plus souvent recours aux avis des médecins pour fixer leur régime,
et c'est une attention indispensable pour les personnes
d'une mauvaise santé.

Cependant, les médecins ne peuvent toujours
donner, avec détail, dans des consultations même
très étendues, une foule d'instructions qui concernent
les substances alimentaires ; ils ne peuvent indiquer
le nom de toutes les substances dont la nature est
favorable à la position de ceux qui réclament leurs
conseils. Aussi les consultans, faute d'être suffisamment éclairés, sont-ils exposés, à chaque instant,
à des erreurs d'autant plus à craindre, que la santé
est plus délicate, et si, pour diminuer les inquiétudes
à cet égard, ils s'en tiennent à un petit nombre
d'alimens qui leur soient bien connus, ils se trouvent
dès-lors obligés d'user toujours des mêmes, tandis
qu'il est utile, en général, de les varier autant que
possible, selon le goût et les caprices de l'estomac,
pourvu, toutefois, que l'on choisisse parmi les substances que demande l'état de la santé.

Varier les alimens offre, d'ailleurs, l'avantage de

favoriser la persévérance, si souvent en défaut chez les personnes qui ont besoin de se nourrir pendant long-temps de substances de nature identique.

Et, sans la persévérance dans un régime convenable, on ne peut guère obtenir de succès contre les maladies de longue durée. En effet, il serait contraire au sens commun, de croire qu'une maladie ancienne et enracinée profondément, pût se guérir en peu de temps; mais si l'usage des moyens employés procure de l'amélioration, cela doit encourager à les continuer; car, pour qu'ils corrigent les vices du sang et des humeurs, et qu'ils rétablissent le ton et l'action des organes, il faut nécessairement beaucoup de temps et de persévérance.

— « Jamais grand dessein ne réussit dans la vie, a dit un médecin très judicieux, que par le temps et la patience, et par la poursuite continuelle des moyens les plus naturels et les plus éprouvés, qui le conduisent à sa fin. Dans les maladies chroniques, la nature ne travaille point par des sauts et des écarts soudains, mais elle marche d'un pas constant et réglé, fortement et doucement, et c'est la nature qui est le vrai médecin. L'art ne fait qu'éloigner les obstacles, arrêter les violences, et solliciter doucement la nature à aller où elle tend.....» — « Si elle n'est pas entravée dans ses efforts, ajoute plus loin ce même auteur, elle triomphera certainement des maladies chroniques; nulle autre chose ne peut le faire. » Traduction de Cheyne, *Traité de la Santé*, p. 306 et 307.

Prenant donc en considération :

1° Les avantages, soit pour le corps, soit pour l'esprit, d'observer un régime alimentaire bien ordonné, les connaissances qu'il réclame, et les difficultés qu'il présente ;

2° Les accidens, les dangers qui résultent souvent de ne pas s'éclairer à cet égard, et qui sont d'autant plus grands que les sujets sont plus faibles ou plus valétudinaires ;

3° Les immenses secours que, dans les maladies, surtout les maladies de longue durée, l'on peut obtenir de l'hygiène, science dont les alimens font une partie essentielle et la plus épineuse ;

4° Les obstacles à la guérison chez les personnes qui ignorent tous les avantages de l'hygiène, obstacles presque toujours difficiles à vaincre, et qui peuvent, parfois, occasionner la mort, surtout lorsqu'il faudrait insister long-temps sur les moyens hygiéniques ;

5° Les résultats heureux que le médecin obtient, lorsque, suivant l'exemple des bons observateurs, de ceux qui font autorité comme praticiens, il prescrit sobrement les médicamens actifs, et s'attache particulièrement au régime, tant que l'expérience lui en démontre les bons effets.

Prenant, dis-je, en considération ces différens motifs, j'ai entrepris de réunir, dans un traité spécial, toutes les connaissances les plus utiles à la santé, en ce qui a rapport aux alimens, et de présenter l'ensemble de ces connaissances de manière à faciliter les moyens de régler le choix et l'usage des substances alimentaires, afin qu'on puisse obtenir d'elles tout le succès possible ;

Soit pour conserver la santé,

Soit pour guérir les maladies, et surtout les maladies de longue durée,

Soit encore pour tirer parti de l'alimentation, à cause de l'influence qu'elle peut exercer sur le caractère, l'intelligence, les passions, etc., etc.

Je divise mon travail en trois parties.

Dans la première, je m'occupe du choix des alimens ;

Dans la deuxième, je traite des alimens eux-mêmes, dans un ordre qui m'a paru le plus convenable pour procurer à chacun la possibilité de faire aisément son choix et ses recherches parmi les diverses substances alimentaires ;

Dans la troisième, j'expose les règles principales sur l'usage des alimens.

AVIS.

Pour que les personnes étrangères à la médecine ne puissent craindre de se tromper, en voulant elles-mêmes faire l'application des préceptes que renferment ce livre dans sa première partie, elles auront besoin de savoir d'un médecin expérimenté,

1° Si elles doivent choisir des alimens parmi les substances de digestion facile, ou parmi celles qui se digèrent difficilement ;

2° Si elles doivent rechercher principalement des adoucissans, des rafraîchissans, des fortifians ou des échauffans.

Avec ces instructions, elles pourront mieux profiter des renseignemens donnés sur les substances alimentaires, dans la deuxième partie, et des notions que contient la troisième, pour régler l'usage de ces substances.

PREMIÈRE PARTIE.

—◆◆◆—

DU CHOIX DES ALIMENS.

————

> Tout le secret de la santé consiste à faire concorder
> les choses nécessaires à la vie avec la constitution et
> la disposition particulière.
> — HALLÉ. —

POUR bien régler le choix des alimens, on doit
prendre en considération :

1° Leur qualité proprement dite, car il est indispensable que les alimens, examinés comme produits
de la nature ou de l'art, soient toujours choisis de
bonne qualité ;

2° Leur digestibilité, pour la mettre en rapport
avec la digestion plus ou moins facile des individus ;

2

3º Leurs propriétés, pour les mettre aussi en rapport avec les dispositions particulières, et en même temps avec l'état des forces.

Si l'on considère les alimens sous ces divers points de vue, on pourra, connaissant ainsi leur nature, la faire concorder avec la santé de chaque sujet.

J'espère, en discutant cette règle principale, que l'expérience a confirmée, préparer le lecteur à consulter avec plus de fruit la deuxième partie de ce livre, où il sera traité des alimens, dans un ordre méthodique et d'un usage facile, pour les choisir selon les besoins.

CHOIX DES ALIMENS SOUS LE RAPPORT DE LEUR QUALITÉ.

La qualité des alimens varie selon les espèces, les climats, les saisons, les pays; selon la culture, pour les substances végétales; selon la région du corps des animaux, et leur âge, leur sexe, leur manière de vivre. Elle diffère encore eu égard aux préparations, aux mélanges frauduleux, à la sophistication, aux altérations que peuvent subir les substances, etc., etc.

La bonne qualité des alimens est une condition essentielle de leur salubrité; elle doit être recherchée avec d'autant plus de soin, que la santé est plus délicate.

Il faut toujours être en garde contre les alimens de mauvaise qualité; ils nourrissent mal, et sont souvent capables de nuire; parfois même ils ont acquis des propriétés nouvelles et dangereuses. L'usage prolongé de ce genre d'alimens occasionne tôt ou tard des maladies. C'est, en effet, ce qui résulte de l'emploi des végétaux mal cultivés, des fruits peu mûrs, des viandes trop jeunes, trop vieilles ou trop maigres, des mets mal préparés, de poissons peu frais, de toutes les substances altérées, soit par l'ancienneté, soit par la mauvaise conservation, soit enfin par le mélange de drogues vénéneuses.

Je m'occuperai, dans cet ouvrage, des alimens sous le rapport de leur qualité; mais je ne chercherai point à indiquer tous les caractères qui distinguent la meilleure qualité dans chaque espèce. Ce serait un travail très long, et en outre presque toujours insuffisant, parce qu'il ne peut tenir lieu de l'habitude pour bien distinguer ces caractères. De plus, il m'empêcherait d'attirer principalement l'attention sur les propriétés de chaque aliment, et sur sa digestibilité plus ou moins grande. Circonstances dont l'examen est des plus importans dans l'intérêt de la santé individuelle, et dont aucun auteur, je crois, ne s'est occupé avec assez de soin, pour n'avoir pas omis de fournir des renseignemens, soit sur l'une, soit sur l'autre, à l'égard d'un grand nombre de substances alimentaires très usitées.

Choix des alimens sous le rapport de leur digestibilité.

Les substances alimentaires présentent, dans leur digestibilité, des différences avantageuses pour la santé des hommes. Car tous n'ont pas le même degré d'énergie dans les fonctions digestives. Il faut aux uns des substances faciles à digérer; d'autres se trouvent mieux de celles qui se digèrent difficilement.

« La force de l'estomac, dit Wandermonde, dépend en général de la complexion plus ou moins robuste. Quelquefois, cependant, ce signe est sujet à induire en erreur. On voit des personnes infatigables dans le travail, dont les muscles sont bien fournis, de vrais athlètes, qui ont les digestions très lentes et très faibles.

« L'estomac peut être très faible, quoique le corps soit fort, et être fort, quoique le corps soit faible; il a ses maux, ses habitudes, ses caprices; il demande quelquefois ce qu'il ne digère pas. C'est pourquoi il est bien difficile de rien déterminer de positif sur la nature de ses forces, à moins que l'on n'en juge par les effets. » (*Essai sur la manière de perfectionner l'espèce humaine*, t. 1er, p. 221.)

Il faut donc tenir compte de l'état des digestions, et, puisqu'il doit servir de base pour fixer le choix

parmi des alimens plus ou moins faciles à digérer,
je ferai connaître ici les signes les plus ordinaires :

1° Du bon état des organes digestifs,
2° D'une digestion facile,
3° D'une digestion difficile.

Signes du bon état des organes digestifs. — Il y
a lieu de croire que les organes digestifs sont en bon
état chez les sujets qui, étant à jeun, ont l'appétit
modéré, la bouche fraîche, l'haleine douce, et non
toutes les fois que la bouche est pâteuse, amère,
sèche ou chaude, que l'appétit est trop vif, ou que
l'on a de l'indifférence pour les alimens, des dégoûts,
des besoins irréguliers ou désirs plus fréquens de
manger, des coliques, des chaleurs, des douleurs,
des gargouillemens dans les intestins, de l'oppression, etc., etc.

Signes d'une digestion facile. — Lorsque la digestion se fait bien, le corps est dispos après le repas,
la tête est libre, l'esprit sain et gai. Il se manifeste
un sentiment de chaleur et de force, d'où résulte
bientôt plus d'aptitude aux exercices. On n'a pas de
frissons, de bâillemens, de hoquets, de renvois ; on
n'éprouve, dans la région de l'estomac ou du ventre,
ni gonflement, ni embarras, ni pesanteur, ni tout
autre malaise.

Signes d'une digestion difficile. — La digestion
est difficile lorsque le repas est suivi de quelques-uns

des signes suivans : frissons, bâillemens, hoquets, renvois, vents, besoins fréquens de cracher, chaleur incommode au visage, gonflement, difficulté de respirer, maux d'estomac, incapacité d'application d'esprit, lassitude, sensation de faiblesse, disposition au sommeil, pesanteur du corps, paresse, coliques, nausées, etc.

Les personnes étrangères à la médecine ont besoin d'être prémunies contre l'erreur à l'égard des signes d'une digestion pénible, car elles les méconnaissent souvent, lorsqu'ils se manifestent vers la tête, ou par des lassitudes dans les membres, sans que l'estomac ou le bas-ventre paraisse affecté.

Les digestions habituellement difficiles indiquent, ou des maladies qui existent, ou des maladies qui menacent ; elles nuisent à l'exercice des facultés intellectuelles, donnent trop de sérieux au caractère, causent la tristesse, l'ennui, la mélancolie, l'hypocondrie, etc., etc. Elles mènent à l'abus des alimens épicés, des boissons stimulantes, des liqueurs fortes, et cet abus dispose aux maladies les plus graves.

Pour que la digestion soit aussi favorable que possible, elle doit se faire avec facilité, par la force naturelle des organes, sans qu'il soit nécessaire d'avoir recours à des assaisonnemens très relevés ou à des boissons très excitantes, telles que le café, l'eau-de-vie, les liqueurs, etc.

Pour obtenir cet avantage, il est indispensable de proportionner la digestibilité des alimens au degré de force des individus et à celui des fonctions digestives; et, par conséquent, de choisir des substances d'autant plus digestibles que les sujets sont plus faibles, plus délicats, ou qu'ils digèrent plus dificilement.

Alimens faciles à digérer.

On les trouvera dans la deuxième partie de ce livre, où ils forment la première section de chaque division alimentaire. Ils sont, en général, humectans, moëlleux, tendres ou fondans, mais ils doivent être, de plus, suffisamment savoureux et agréables au goût; alors ils fournissent ordinairement les substances les plus faciles à digérer pour les sujets dont les digestions sont difficiles ou peu énergiques. C'est donc parmi ces alimens qu'il faut choisir, pour les enfans, les vieillards, les hommes de cabinet, une grande partie des habitans des villes, la plupart des femmes, surtout à l'époque des règles, ou pendant la grossesse, les convalescens, les personnes sédentaires ou délicates, celles qui sont affaiblies par de longues veilles, des fatigues, des chagrins, les sujets chez lesquels les organes digestifs ne sont pas en bon état, etc., etc.

Alimens difficiles à digérer.

Ils seront de même indiqués dans la deuxième partie de cet ouvrage, où ils composent la seconde section de chaque division alimentaire. Ils sont en général fermes, durs, compactes, coriaces ou gras, pesans, et, quoique de digestion difficile, ils sont cependant bien digérés par les personnes robustes et dont les fonctions digestives s'exercent avec énergie; en outre, ils les nourrissent beaucoup plus que ne pourraient le faire des substances plus digestibles en elles-mêmes. C'est pourquoi ils réussissent mieux aux hommes qui joignent, au bon état de la santé, la vigueur de l'âge, l'habitude des travaux pénibles, ou une forte constitution.

Choix des alimens, sous le rapport de leurs propriétés.

Il ne suffit pas de considérer dans les alimens leur qualité proprement dite, et leur digestibilité; il faut encore s'éclairer sur les effets qu'ils produisent, en ce qui est relatif aux modifications individuelles; car ils peuvent exciter ou diminuer à l'excès l'action, la chaleur ou la sensibilité, soit de tout le corps, soit de quelques parties seulement; ils peuvent être irritans et devenir, à la longue, même à notre insu, la cause prédisposante d'affections incurables. Il est donc nécessaire de savoir choisir les alimens, sous le rapport de leurs propriétés.

On observe entr'eux, à cet égard, des différences très remarquables ; mais il existe aussi, dans les prédispositions des sujets, et dans le degré de force des constitutions, de très notables dissemblances, qui font rechercher ou qui font craindre l'une des propriétés des alimens plutôt que les autres. J'exposerai quelques préceptes sur le choix de ces propriétés ; mais, auparavant, je vais dire un mot des dispositions individuelles.

Dispositions individuelles qui obligent d'examiner avec soin les propriétés des alimens. — Elles sont innées, tiennent à la constitution, ou résultent de certaines circonstances nuisibles au milieu desquelles les individus ont vécu, c'est-à-dire de quelques fâcheuses influences exercées sur eux par les choses essentielles à la vie, telles que l'air, les alimens, les vêtemens, les occupations, les affections morales, etc.

Chez quelques-uns, il faut modérer une extrême sensibilité, prévenir les mauvais effets de contrariétés, de chagrins, de sensations trop vives, adoucir un caractère très irascible.

Chez d'autres, la poitrine, l'estomac, ou tout autre organe, est affaibli et en même temps trop excitable, trop facile à s'échauffer, à s'irriter. .

Chez celui-ci, on doit craindre d'augmenter l'embonpoint ou l'excès du sang; il faut tempérer des passions impétueuses, une trop grande chaleur du corps, diminuer les effets de la température de l'air, lorsqu'elle est très élevée.

Chez celui-là, il convient d'entretenir ou d'accroître l'énergie ou l'activité, etc., etc.

Le choix bien dirigé des propriétés des alimens est un puissant moyen d'améliorer ces différentes dispositions, soit physiques, soit morales.

Si l'on examine les alimens relativement à leurs propriétés les plus remarquables, on reconnaîtra qu'ils peuvent tous être compris dans quatres classes :

Les alimens adoucissans,

Les alimens rafraîchissans,

Les alimens fortifians,

Les alimens échauffans.

Par leur mélange, ces alimens divers se corrigent réciproquement, et forment ainsi la nourriture qui convient le mieux, en général, aux personnes en bonne santé, exemptes de prédispositions, et placées dans des circonstances ordinaires, eu égard à la constitution, aux occupations, etc. Ces personnes doivent rechercher, comme alimens très salubres et les plus capables de leur procurer une vraie vigueur et un véritable accroissement, ceux qui ne sont extrêmes en aucun genre; par exemple, le pain, le riz, les légumes tendres, les œufs, le lait, les viandes, les poissons, les petits cidres, le vin trempé, les bières légères. Il faut donc que leurs alimens ne soient ni très forts, ni très faibles, ni très salés, ni très acides, ni très relevés par quelque substance que ce soit.

Les alimens qui ont quelque chose d'excessif ne pourraient leur convenir que bien mêlés entr'eux et corrigés l'un par l'autre.

Mais chez un grand nombre de sujets, la disposition individuelle, l'état des forces, réclament des attentions qui diffèrent de celles dont il vient d'être question, et demandent souvent que l'on fasse dominer, dans la nourriture, l'une des propriétés des alimens, plutôt que les autres.

Pour cette raison, je donnerai ici quelques notions sur chacune des quatre classes auxquelles tous les alimens peuvent se rapporter, lorsqu'on les considère sous le seul point de vue de leurs propriétés. Ces notions me procureront, d'ailleurs, l'avantage de n'être pas obligé à de longs développemens, quand je ferai connaître, dans la deuxième partie, les propriétés de chaque substance. Mais, avant d'entrer en matière, je crois utile d'avertir qu'il ne faudrait pas, sans motifs particuliers, s'attacher exclusivement à une seule de ces classes d'alimens. Ce précepte doit être surtout observé par les personnes faibles ou affaiblies.

Des Alimens adoucissans.

Ils tendent à modérer la sensibilité, la chaleur et l'action des organes; ils peuvent réprimer les passions, adoucir le caractère; ils sont nourrissans, augmentent l'embonpoint.

Ils renferment des substances faciles à digérer et des substances de digestion difficile.

Ils comprennent :

La plupart des farineux;

Un grand nombre de légumes;

Presque tous les poissons;

Le lait, la crême, le beurre;

Les graisses et les huiles;

Les viandes blanches dans les jeunes animaux; etc.

Les adoucissans végétaux adoucissent plus, en général, que ceux tirés des animaux, et, parmi ces derniers, le lait et les poissons plus que les viandes.

Les adoucissans deviennent irritans lorsqu'on les emploie très chauds ou à la glace. Une température modérée (c'est-à-dire de 20 à 38 degrés Réaumur, ou 25 à 48 centigrades), est ordinairement la plus favorable à leur effet.

Usage des adoucissans. — Ils doivent dominer dans la nourriture des enfans, des personnes maigres, très sensibles, très excitables; de celles qui sont incommodées par le sang, épuisées par les maladies; de celles aussi dont la poitrine, l'estomac, les intestins, sont faibles, délicats, sensibles. Ils fournissent, avec les alimens rafraîchissans, les substances les plus salubres pour les sujets affectés de symptômes scorbutiques, de démangeaisons habituelles, de dartres, d'ulcérations, etc., et qui, à cause de ces maladies, croient avoir le sang âcre, brûlé, les humeurs viciées.

Ils conviennent toutes les fois qu'on veut entretenir ou réparer les forces, et tempérer en même temps la sensibilité.

Ils sont avantageux aux individus dont les passions sont exaltées, à ceux dont le caractère est difficile, et lorsqu'il s'agit de prévenir les inconvéniens des températures extrêmes, des grandes fatigues, des affections morales très vives, etc.

Abus des adoucissans. — Il relâche les organes de la digestion, gonfle et cause des vents, diminue l'activité du corps et de l'esprit, et finit par rendre la constitution molle et faible.

Des Alimens rafraîchissans.

Par leur acidité modérée, et surtout par l'abondance de l'eau qu'ils contiennent, ces alimens calment la soif, tempèrent la chaleur, la sensibilité; apaisent l'irascibilité du caractère et la violence des passions.

Les substances dont l'acidité est très prononcée sont irritantes lorsqu'on les emploie seules, et elles ne peuvent avoir la propriété de rafraîchir que si on les mêle, à fort petite dose, avec des alimens doux ou déjà rafraîchissans.

C'est à tort que beaucoup de personnes croient qu'une substance alimentaire rafraîchit, par cela seul qu'elle augmente la fréquence ou la facilité des selles, car ces effets proviennent souvent d'alimens qui échauffent.

Les rafraîchissans nourrissent peu et diminuent l'embonpoint.

On trouve parmi eux des substances faciles à digérer, et des substances de digestion difficile.

Ils renferment :

La plupart des fruits ;

Un grand nombre de légumes ;

Les mattes ou caillé du lait, le petit lait ;

L'eau ; etc., etc.

Usage des rafraîchissans. — Ils conviennent surtout aux jeunes gens, aux individus sanguins, à ceux qui ont beaucoup de chaleur naturelle ou d'embonpoint ; aux personnes sujettes aux hémorragies, aux inflammations ; à celles dont les passions sont violentes, etc., etc.

Ils doivent être recherchés dans les saisons chaudes, et pour calmer l'agitation du corps et même de l'esprit.

Abus des rafraîchissans. — Il nuit au développement de la chaleur nécessaire aux fonctions diges-

tives, cause la maigreur et un affaiblissement général.

Des Alimens fortifians.

Ils sont plus savoureux que les adoucissans,
développent plus de chaleur animale, de sensibilité,
de vigueur, et donnent plus d'énergie au caractère
et aux passions. Ce sont les alimens les plus nutritifs.

Ils offrent moins de substances faciles à digérer
que de substances difficiles à digérer.

On compte parmi eux :

Les viandes colorées, comme celles du bœuf, du
mouton ;

Quelques poissons à chair ferme ou grasse ;

Le pain de froment, le pain de seigle, les pois,
les fêves, les lentilles ;

Quelques végétaux amers, comme la chicorée
sauvage, le pissenlit ;

Le vin modérément alcoolique; etc., etc.

Usage des fortifians. — Ils doivent former la
nourriture principale des individus en bonne santé,
qui sont dans la vigueur de l'âge, qui se livrent à
des travaux pénibles, ou qui ont une constitution
robuste.

Mais, chez les sujets dont les forces de la vie sont
peu intenses, ces alimens ont, en général, l'inconvénient de développer trop de chaleur, et de ne pas
être assez digestibles. Leur usage habituel, pour

devenir salutaire, réclame l'énergie des organes, jointe à une excitabilité modérée. On doit alors les employer avec réserve, pour les enfans très jeunes, les personnes délicates, et celles dont quelque organe des plus importans s'échauffe ou s'irrite avec facilité.

On peut rarement les adopter avec confiance, lorsqu'on veut remédier à une sensation de faiblesse qui existerait, depuis un certain temps, soit dans tout le corps, soit dans quelque partie essentielle, comme la poitrine, l'estomac, le ventre, car cet état est souvent l'indice d'une mauvaise disposition qui serait aggravée par l'action des fortifians proprement dits; et quoiqu'alors ils paraissent parfois réussir, leur succès est presque toujours passager, et tôt ou tard suivi d'accidens.

Pour agir efficacement contre la sensation de faiblesse dont il s'agit ici, il faut en rechercher la cause. Provient-elle de fatigue? Elle se dissipera par le repos. Résulte-t-elle d'un trop grand développement de la chaleur ou de la sensibilité dans les organes où elle siége? En ce cas, les substances adoucissantes, celles qui rafraîchissent, produiront de bons effets, et deviendront même les meilleurs fortifians.

Abus des fortifians. — Il donne trop de sang, accroît à l'excès la chaleur animale, et dispose aux maladies inflammatoires, aux hémorragies, à l'apoplexie, à la goutte, à l'hypocondrie, etc.

Des Alimens échauffans.

Ils ont une saveur très prononcée, excitent vivement la sensibilité, développent beaucoup de chaleur animale, et rendent les passions violentes et
très impérieuses. Ils procurent un trop haut degré de
force et d'activité, lorsqu'ils ne sont pas tempérés
par le mélange d'autres substances; ils nourrissent
moins bien que les fortifians.

C'est une erreur populaire très répandue de considérer des alimens comme échauffans, par le seul
motif qu'ils diminuent la fréquence ou la facilité des
selles; il importe d'être en garde contre cette erreur,
car elle fait souvent supposer la propriété d'échauffer, même aux alimens qui adoucissent.

Les échauffans se composent de substances faciles
à digérer, et de substances de digestion difficile.

On comprend parmi eux :

Les viandes noires ou très colorées, le sang;

Quelques légumes très sapides, comme le cresson ,
l'oignon, les raves, etc.;

La plupart des assaisonnemens, mais surtout le
poivre, la vanille, etc.;

Les roux et les mets de haut goût;

Les substances très salées, fumées ou fermentées;

Les substances rissolées, les graines torréfiées,
telles que le café, etc.;

Les boissons alcooliques pures, ou presque pures; etc., etc.

On pourrait peut-être placer aussi, au rang des échauffans, toutes les substances que l'on prend excessivement chaudes; mais elles sont regardées, à plus juste raison, comme irritantes et dangereuses.

Les alimens que l'on digère mal peuvent échauffer. En effet, lorsqu'on en use fréquemment, ils fatiguent les organes digestifs, les échauffent à la longue, et souvent même les irritent.

Usage des échauffans. — Ils s'emploient en petite quantité, et avec d'autres alimens auxquels ils servent d'assaisonnement. Quelques-uns sont utiles aussi pour donner, parfois, plus d'activité, plus de force, aux personnes qui n'ont pas sujet de craindre d'augmenter la chaleur et la sensibilité des organes. Mais plus les individus sont faibles, moins ils sont en état de supporter l'action stimulante des échauffans, et par conséquent plus ils doivent mettre de réserve dans leur usage

Abus des échauffans. — Il exalte les facultés du corps et de l'esprit, excite vivement les passions, aigrit le caractère, et use promptement l'organisation, tant parce qu'il occasionne des maladies violentes que parce qu'il attire, par la continuité, des affections chroniques très graves, dont, parfois, on ne s'aperçoit que lorsqu'on n'a plus lieu d'en espérer la guérison.

CONCLUSIONS SUR LE CHOIX DES ALIMENS.

D'après ce qui précède sur la qualité des alimens, leur digestibilité et leurs propriétés, on doit donc

Choisir avec soin des alimens de bonne qualité,

Les rechercher d'autant plus digestibles que les sujets sont plus faibles ou digèrent plus difficilement,

Et faire dominer parmi eux

Les adoucissans, pour diminuer la chaleur, la sensibilité, l'activité, la maigreur, pour adoucir le caractère et modérer les passions;

Les rafraîchissans, pour tempérer la chaleur naturelle, diminuer l'embonpoint, calmer l'impétuosité du caractère, et l'excès de vivacité des sensations;

Les fortifians, pour entretenir ou augmenter l'énergie physique et morale, lorsqu'on ne peut craindre de développer, à un certain point, ni la chaleur, ni la sensibilité;

Les échauffans, pour servir d'assaisonnement, et donner quelquefois un surcroît de force, une activité plus grande, lorsque la chaleur, la sensibilité des organes peuvent être vivement excitées sans inconvénient.

Observations pour compléter ce qui a rapport au choix des alimens.

Puisque les substances alimentaires exercent, par leurs propriétés, une influence sur les diverses parties du corps, il est certain qu'on ne doit point choisir des alimens capables de développer la sensibilité ou la chaleur au-delà de ce que ces diverses parties peuvent supporter sans danger; mais il ne faut pas non plus que l'aliment soit de nature à relâcher ou à refroidir les organes digestifs au point de troubler leurs fonctions.

L'estomac et les intestins sont, pour l'homme, ce que les racines sont pour la plante; et la nature des alimens est, pour les organes digestifs et les diverses parties du corps, ce que la nature du sol est pour les racines et la plante en général.

Si, après avoir pris en considération la digestibilité et les propriétés des alimens, il s'agit de déterminer en particulier les substances qui conviennent le mieux, entre celles qui sont semblables sous ces rapports, alors nous devons consulter, pour chaque personne, son goût, et l'essai fait sur elle-même.

On ne serait fondé à ne plus tenir compte de la nature des substances, que si l'on n'obtenait aucun avantage des préceptes donnés à ce sujet; mais les cas de ce genre sont en petit nombre, et alors des exceptions qui ne détruisent point la règle.

Il faut, dit Celse, chap. 18, tit. 2, que les sujets faibles ne prennent que des alimens faibles; que les robustes prennent les alimens forts, et que ceux qui tiennent le milieu entre ces deux états s'en tiennent aux substances d'une force moyenne.

Les alimens faibles sont ceux qui se digèrent avec facilité et développent peu de chaleur animale; les forts sont les substances difficiles à digérer, et très nutritives; de plus, celles qui développent beaucoup de chaleur animale, et par conséquent celles qui sont à la fois échauffantes et peu digestibles.

Précepte essentiel relativement au choix des alimens pour améliorer le moral. — Le choix bien réglé des alimens étant d'un grand secours pour entretenir et pour réparer la santé, il est, par cela même, un moyen assuré pour agir favorablement sur le moral, car on observe que celui-ci se trouve presque toujours modifié avantageusement par la bonne disposition des organes, et que les dérangemens dans la santé exercent souvent sur lui une influence fâcheuse.

Il faut donc, dans l'intérêt du moral, s'occuper de l'état du corps, et lui donner tous les soins qu'il réclame. C'est l'avis des médecins et des philosophes.

Il me paraît à propos de citer, à cette occasion, le passage suivant de la *Médecine raisonnée*, de Fr. Hoffmann : « J'ai toujours pris beaucoup de plaisir à lire, dit cet illustre praticien, ce que Xénophon rapporte de Socrate. Ce grand homme, raconte-t-il, avait soin d'avertir ses auditeurs qu'ils ne pouvaient avoir trop d'attention à leur santé, et leur conseillait d'apprendre de gens experts ce qui

lui est avantageux, et d'examiner par eux-mêmes
quels étaient les boissons, les alimens solides, les
exercices qui leur convenaient, parce que la perte
de la mémoire, le chagrin, la fureur, la dureté du
cœur, n'ont souvent d'autre origine que la mauvaise
disposition du corps, et que l'esprit ne court aucun
risque lorsque le corps est en bonne santé. » (*De
dictis et factis Socratis*, p. 513.)

Vandermonde, après avoir fait remarquer que les
altérations du corps exercent sur le moral une fâcheuse influence, recommande de perfectionner le
corps lui-même, afin que le moral puisse devenir
meilleur. Voici comment il s'exprime à ce sujet : « Il
faut renouveler la source corrompue de nos humeurs
et de nos esprits ; il faut repétrir nos organes, changer, fortifier et améliorer tous les ressorts de notre
machine. C'est en prenant cette route que l'on
peut parvenir à briser la chaîne des maladies les
plus rebelles et des passions les plus tumultueuses ;
en perpétuant, dans l'espèce humaine, la beauté,
la force et la santé, on pourrait y répandre le germe
de la vertu, et pousser l'esprit à sa plus grande force. »
(*Essai sur la manière de perfect. l'espèce hum.*,
Préface.)

« L'esprit, dit Descartes, dépend si fort du tem-
pérament et de la disposition des organes du corps,
que, s'il est possible de trouver quelque moyen qui
rende communément les hommes plus sages et plus

habiles qu'ils n'ont été jusqu'ici, je crois que c'est dans la médecine qu'on doit le chercher. » (*De la Méthode.*)

Exemples du choix des alimens, conformément aux préceptes développés plus haut, c'est-à-dire d'après la constitution et la disposition individuelle, considérées selon l'âge, le sexe, le genre de vie, et autres circonstances.

Chez les très jeunes ENFANS, la faiblesse réclame les substances les plus digestibles, elles devront être douces et humectantes pour concorder avec la sensibilité et la chaleur naturelle. Il faut donc craindre les effets des échauffans, surtout des spiritueux et du café.

Locke dit qu'il faut donner, de bonne heure, des nourritures fortes et difficilement digestibles, pour exercer l'estomac à tout et le fortifier. Sans doute que Locke a voulu ainsi faire entendre que, dans le cas où l'enfant se porte bien, on doit commencer de bonne heure l'usage des alimens plus forts et plus difficiles à digérer; mais s'il avait prétendu que l'enfant, encore très jeune, doit être nourri, comme l'homme fait, sans qu'on ait besoin de changer par degrés les premiers alimens, et de suivre, à cet égard, l'accroissement et l'état des forces, alors le philosophe anglais serait tombé dans une erreur funeste.

« Il faut, dit-on, accoutumer à tout l'estomac des

« enfans, mais ce dit-on est une sottise : il faut leur
« faire l'estomac bon ; alors ils supporteront tout,
« et on ne le leur rend point bon en leur causant de
« fréquentes indigestions. Pour rendre un poulain
« robuste, on le laisse quatre ans sans en exiger au-
« cuns travaux, et alors il est capable des plus pé-
« nibles, sans en être incommodé. Si, pour l'accou-
« tumer à la fatigue, on l'avait obligé, dès sa naissance,
« à porter des fardeaux au-dessus de ses forces, il
« n'aurait jamais été qu'une rosse incapable d'aucun
« travail. » C'est l'histoire de l'estomac. (Tissot,
Avis au Peuple, t. II, p. 78.)

On trouve, dans le *Journal des Connaissances
médico-chirurgicales*, un passage que je crois utile
de citer ici. « C.-G. Huffeland veut qu'avant l'érup-
tion des dents, on use pour l'enfant d'une très
grande circonspection, relativement à la nourriture
animale ; jusqu'à sept ans même, le fonds de son
alimentation doit consister en légumes frais et en
fruits, pour boisson de l'eau et du lait ; point de vin
ni de café. » (N° 4, p. 449, année 1838.)

Il est véritablement plus sain, pour les enfans, que
les viandes ne composent leur nourriture que dans
une faible proportion ; mais la même réserve ne sau-
rait convenir en ce qui concerne le lait, les œufs
frais et les poissons légers, qui font aussi partie du
régime animal.

Fr. Hoffmann recommande, pour les enfans à la

mamelle, les panades composées de mie de pain mollet, d'eau et de beurre; il dit que plus les alimens dont usent les enfans pendant les premières années, sont tempérés, plus ils sont favorables à la nutrition, et que le vin, l'eau-de-vie et les substances très acides sont des poisons pour eux; car, non-seulement ils deviennent contraires à la nutrition et à l'accroissement, mais ennemis des nerfs et du cerveau, dont ils troublent les fonctions. (Voy. *Méd. rais.*, t. III, p. 231.)

L'article LAIT de femmes renferme aussi un passage de Fr. Hoffmann, relativement aux alimens dont les nourrices doivent faire usage pour que leur lait soit aussi convenable que possible à la santé des enfans; et l'article VIANDE contient un passage de Huffeland, sur l'emploi des viandes comme nourriture des enfans.

Dans l'ADOLESCENCE, l'état des forces permet des alimens de digestion difficile; mais il faut, pour ne pas fatiguer les organes, user de même de ceux qui se digèrent aisément, et l'on doit, à cause de la grande chaleur naturelle et de l'activité de cet âge, faire souvent dominer les substances rafraîchissantes, et être réservé sur celles qui échauffent, notamment sur les spiritueux et sur le café.

Chez les VIEILLARDS, l'affaiblissement exige des alimens nutritifs, faciles à digérer; mais il convient, eu égard à l'aridité, au défaut de souplesse des organes, de rechercher des substances douces, et de se méfier des échauffans trop actifs. Lorry leur conseille un régime humectant, les panades, les soupes, etc. Fr. Hoffmann leur désigne nommément les œufs frais, le poisson, les végétaux cuits, comme les herbes potagères, les raisins, les pommes; il leur défend l'usage fréquent du vin et des viandes, les alimens intempérés, salés, acides, durs et difficiles de digestion. (*Méd. rais.*, t. III, p. 240.)

Les FEMMES étant plus sédentaires, plus faibles que les hommes, réclament une nourriture plus digestible, et qui soit aussi plus adoucissante, afin qu'elle s'accommode à leur sensibilité naturelle. Elles s'interdiront l'habitude du café, du vin pur, et autres spiritueux.

Pendant l'*époque des règles*, elles devront rechercher des alimens encore plus aisés à digérer, plutôt adoucissans qu'échauffans, et mettre de la réserve à user de ceux qui rafraîchissent.

Pendant la *grossesse*, elles choisiront des alimens substantiels; mais, alors, comme elles sont plus irritables, plus disposées à des affections des organes digestifs, que la chaleur animale est plus grande, le pouls plus vif, plus fort, le sang plus couenneux, elles doivent rechercher des substances faciles à digérer, généralement adoucissantes, et quelquefois parmi les rafraîchissans.

Pendant l'*allaitement*, elles se méfieront du café,

des liqueurs et des mets de haut goût, et joindront souvent les alimens adoucissans avec ceux qui fortifient. Voyez, à l'article LAIT de femme, un passage de Hoffmann, sur la nourriture des femmes pendant l'allaitement.

La plupart des HOMMES, les personnes dans la force de l'âge, celles qui se livrent habituellement à des travaux pénibles, tous ces individus, lorsqu'ils sont en bonne santé, se trouvent mieux nourris avec des alimens de digestion difficile; ils y feront dominer les fortifians, comme plus convenables pour entretenir leur vigueur naturelle, et il leur sera même utile d'adopter, parfois, l'usage modéré des substances qui échauffent.

Les *hommes de cabinet*, ceux qui se livrent à l'étude, ne faisant point assez d'exercice, doivent choisir des substances facilement digestibles; ils les rechercheront fortifiantes, si cela est nécessaire à leur constitution; mais, comme ils ont le cerveau et les nerfs souvent excités, ils devront employer fréquemment des alimens doux, et quelquefois ceux qui rafraîchissent. Ils mettront de la réserve dans l'usage du café, des liqueurs et de toutes les choses qui échauffent.

Galien conseille aux hommes de lettres, aux personnes employées dans les affaires publiques, d'observer le régime le plus simple, celui qui facilite le

plus la digestion, et de redoubler de sobriété toutes
les fois qu'ils ont fait des efforts de travail et d'étude
plus que de coutume.

Les *personnes maigres*, *délicates*, *sensibles*, ont
besoin d'une nourriture, en général, facile à digérer
et adoucissante, et ce n'est qu'avec bien de la prudence qu'elles peuvent user des échauffans.

Les sujets qui ont trop d'*embonpoint*, ceux qui
sont souvent incommodés par le sang, qui sont menacés d'inflammations, d'hémorragies, d'apoplexie,
adopteront avec avantage, comme nourriture principale, des substances choisies parmi celles qui rafraîchissent.

Dans les *Maladies de longue durée* ou *Maladies
chroniques*, Cheyne recommande un régime doux
et léger. Mercurialis, nous dit Sprengel, se servait
souvent des humectans et des rafraîchissans. (*Hist. de
la Méd.*, t. III, p. 117.) Dans ces maladies, on accuse
quelquefois l'acrimonie des humeurs. On observe
fréquemment que la sensibilité est exaltée, l'irrita-
bilité excessive, la chaleur animale plus grande, le
pouls plus vif, ou que ces phénomènes peuvent se
développer avec une facilité extrême; et, dans ces
diverses circonstances, les alimens doux et rafraîchissans forment une nourriture très appropriée: si
on les emploie avec assez de persévérance, ils offrent

le moyen le plus efficace pour opérer une sorte de rénovation générale du système vivant, lorsque la constitution actuelle des organes et des humeurs est comme identifiée avec la maladie. Ils devront être choisis-d'autant plus faciles à digérer que la digestion se fera plus difficilement ; car il importe beaucoup alors que cette fonction soit aussi parfaite que possible.

Le régime doux et humectant, dit Hippocrate, convient à tous ceux qui sont tourmentés par la chaleur fébrile ; il est surtout essentiel aux enfans et aux autres personnes habituées à un pareil régime. (*Aph.* 16, sect 1, trad. de Bosquillon.)

Pinel conseillait les fruits, le laitage, les panades, les œufs frais, le régime doux et végétal aux hypocondriaques, aux mélancoliques, aux vaporeux.

Un jeune homme affecté de fièvre nerveuse, qui avait résisté à une foule de moyens différens, fut guéri en deux mois, par l'usage abondant des fraises, que Hoffmann lui conseilla. (*Méd. rais.*, t. III, p. 294.)

Van Swieten parle de mélancoliques qui furent guéris après avoir pris, pour toute nourriture, pendant plusieurs semaines, une quantité considérable de cerises et de fraises. (*Com. des Aph. de Boerhaave*, t. III, p. 180.)

Un homme, tourmenté depuis long-temps par une affection hypocondriaque avec fièvre intermittente, engorgement des viscères du bas-ventre, est délivré

de ses maux, en faisant une consommation extraordinaire de raisin, pendant la saison de ce fruit.
(Desbois, *Mat. méd.*, t. II, p. 134.)

L'utilité du lait, devenu une nourriture journalière
et fondamentale, est surtout bien prouvée dans un
grand nombre de névroses et de maladies de long
cours. On sait combien ce moyen a reçu d'éloges
pour la guérison des dartres et autres affections cu-
tanées, des consomptions, des fièvres lentes, des
hémoptysies périodiques, des affections des voies
urinaires avec irritation, des douleurs vénériennes
invétérées, etc. (Barbier, *Hyg.*, t. II, p. 145.)

« Il y a des gens mal conformés, comme les rachi-
tiques, les bossus, dit Desbois de Rochefort, chez
lesquels les organes de la respiration sont trop gênés;
des alimens solides passent difficilement et occasionnent de l'oppression; le lait, chez ces personnes,
est une nourriture très avantageuse; j'en connais
qui ne prennent que cet aliment, parce que de plus
solides les incommodent, et qui s'en trouvent bien. »
(*Matière médicale*, t. II, p. 288.)

Mais les scrofules (écrouelles, humeurs froides),
le rachitisme (nouure, ramolissement, déviations,
difformités des os), la chlorose (pâles couleurs), etc.,
sont des maladies qui demandent que l'on agisse
à la fois contre la faiblesse de tout l'organisme, et
contre la disposition aux affections chroniques des
principaux viscères de l'abdomen et de la poitrine.

Alors, on doit d'abord améliorer les fonctions digestives par une nourriture douce et facile à digérer, mais substantielle, et augmenter en même temps l'énergie de ces fonctions et celle de la constitution en général, par d'autres moyens hygiéniques convenablement appropriés. Ainsi, par des exercices modérés et faits en bon air; par des vêtemens suffisamment chauds, qui ne compriment aucune partie du corps et laissent la plus grande liberté dans les mouvemens; par le repos et le sommeil, en proportion des besoins et dans un lieu sec et tempéré; par des affections morales gaies; etc., etc. Et, après avoir obtenu de ces différens moyens des avantages tellement notables qu'on ne puisse craindre l'action des alimens qui développent plus de chaleur et de sensibilité que ceux dont on faisait usage, il faut passer peu à peu à l'emploi des fortifians, et admettre, de temps en temps, quelques substances qui échauffent.

Pujol conseille d'abandonner les moyens excitans, lorsque les engorgemens scrofuleux se chargent de phlogose et d'inflammation; lorsqu'ils se trouvent dans un état de fonte et de suppuration; lorsqu'ils affectent une dégénération cancéreuse; lorsqu'ils sont convertis en ulcères rebelles. Il recommande, dans le premier cas, la diète légère, douce et rafraîchissante. (*Dict. ab. des sciences méd.*, t. XIV, p. 286.)

On trouvera, à l'article RÉGIME MAIGRE, des passages de Fr. Hoffmann, de Baglivy, de Fernel, et autres, sur les effets de ce régime, dans un grand nombre de maladies chroniques.

Les *convalescens* réclament des alimens doux, aisés à digérer, et que l'on rendra fortifians par degrés proportionnés à la disposition des individus et aux progrès de la convalescence. Il faut se garder, dit Fr. Hoffmann, de donner aux individus *épuisés* par une longue abstinence, des substances trop succulentes ou trop peu digestibles ; car la santé exige qu'il y ait une juste proportion entre les forces du corps et les alimens que l'on prend. (*Méd. rais.*, t. III, p. 118.) Zimmermann et Boerhaave regardent comme très nuisible, pour les personnes faibles et les sujets épuisés, l'usage des consommés, et celui des gelées, lorsqu'elles se composent d'une certaine quantité de bœuf, de mouton ou de vieille volaille. (Zimmermann, *Traité de l'Exp.*, t. III, p. 49.)

« Ceux qui sont habituellement livrés à quelque *passion de l'ame*, ont ordinairement quelque vice ou quelque disposition maladive dans les viscères ou les parties fluides ; il faut donc apporter du soin pour qu'un régime et des remèdes salutaires et convenables détruisent et fassent sortir du corps ces maladies qui se cachent et s'étendent insensiblement dans les viscères.

« Les phthisiques sont extrêmement sujets et portés à l'impatience et à la colère ; les hypocondriaques aux terreurs paniques, à la tristesse, aux imaginations désagréables, à la défiance d'un heureux succès dans les affaires, à l'abattement d'esprit, et, de plus, au funeste désespoir, fin déplorable d'une vie dont ils ont pris à tâche d'empoisonner le cours. Dans ce cas, un régime très doux et très exact prévaut aux meilleurs remèdes, et cette conduite est d'une égale utilité toutes les fois que l'on soupçonne quelque maladie de l'ame, et que les passions prennent trop d'empire. » (Hoffmann, *Méd. rais.*, t. III, p. 30.)

Les personnes qui se sont livrées à des *excès*, soit dans les exercices du corps ou de l'esprit, soit de tout autre genre, et celles qui ont éprouvé des affections morales très vives, doivent rechercher des alimens plus légers et plus doux.

Pendant la durée des *saisons chaudes*, il convient de se nourrir d'alimens qui adoucissent, rafraîchissent et se digèrent avec facilité.

Pour l'alimentation pendant l'*hiver*, voyez HIVER.

—◦•◦—

DEUXIÈME PARTIE

DES SUBSTANCES ALIMENTAIRES.

———

Par suite des notions précédemment exposées sur le choix des alimens, il est nécessaire de connaître la qualité, la digestibilité et les propriétés des diverses substances alimentaires. Les développemens auxquels je me suis déjà livré me permettront de donner, en peu de mots, des renseignemens sous ces différens rapports, et je présenterai les substances de manière qu'il soit facile de choisir et de rechercher parmi elles selon les besoins de chaque personne.

Voici l'ordre que j'ai adopté :

Je divise d'abord les alimens qui nous viennent des végétaux, en *farineux*, en *légumes*, et en *fruits*; puis, ceux que nous tirons des animaux, en *substances animales* différentes, en *viandes*, et en *poissons*.

Ces divisions sont les plus commodes pour l'usage, parce qu'elles réunissent le plus grand nombre de substances ayant de l'analogie entr'elles.

Dans chaque division, je sépare les alimens qui se digèrent aisément, de ceux qui sont de digestion difficile, et je facilite ainsi le choix, soit parmi les uns, soit parmi les autres.

Je forme donc deux sections; mais, dans chacune d'elles, tous les alimens ne sont pas également digestibles; ils offrent à cet égard des différences dont il faut tenir compte pour les personnes faibles, délicates.

« La délicatesse des organes, nous dit Hallé, en parlant des individus dont l'estomac est faible, donne une très grande valeur aux moindres différences, et c'est sur cette mesure qu'il faut former l'échelle suivant laquelle on doit ranger les alimens. » (Alim., *Dict. des Sciences médicales*, p. 365.)

Tous les praticiens attentifs reconnaissent la justesse de cette remarque; par conséquent, je crois utile d'indiquer les alimens de chaque section, *à peu près* dans l'ordre où ils se digèrent le mieux, suivant le témoignage le plus ordinaire de l'expérience.

Je dis *à peu près*, parce qu'il est difficile de le faire d'une manière rigoureuse; mais, malgré cet inconvénient, l'ordre de digestibilité tel que je le présente ici, procure, du moins, l'avantage assez notable de pouvoir faire distinguer, tant parmi les substances de facile digestion que parmi celles qui se digèrent difficilement, les alimens les plus digestibles d'avec ceux qui le sont moins

Après avoir traité des alimens, je m'occupe des *assaisonnemens*, des *préparations* alimentaires et des *boissons*.

Dans chacune de ces trois dernières divisions, je sépare les substances les plus salubres de celles qui le sont moins en général.

Les plus salubres sont celles qui facilitent la digestion des alimens sans les dénaturer. Elles conviennent le mieux pour l'usage ordinaire ; il sera donc commode qu'elles soient rassemblées entr'elles.

Les substances moins salubres sont celles qui dénaturent souvent les alimens, et les rendent ou échauffans ou indigestes. Beaucoup de personnes doivent s'en méfier, surtout pour l'emploi habituel. Il sera plus commode également qu'elles se rencontrent ensemble.

D'après ce plan, les *individus faibles* et ceux qui digèrent difficilement, trouveront, réunies et indiquées avec des instructions utiles, tous les alimens qui peuvent leur convenir, soit parmi les substances végétales, soit parmi les substances animales, soit, enfin, parmi les assaisonnemens, les boissons et le très grand nombre de préparations alimentaires. Ils auront, de plus, sous les yeux les substances dont ils doivent se méfier.

Ainsi, ils pourront rechercher parmi les alimens les plus digestibles ceux dont la propriété est le plus en rapport avec leur santé, et les choisir, les varier selon le goût et les caprices de l'estomac.

Les *personnes fortes* et qui digèrent facilement, trouveront aussi réunies les substances qui leur conviennent le mieux, et en outre celles dont elles ne doivent user qu'avec circonspection ; elles pourront alors éviter l'abus, si fréquent, si séduisant et si dangereux, de quelques assaisonnemens, de quelques boissons, et de certaines préparations alimentaires.

Le tableau ci-après offrira le résumé du plan que je viens de faire connaître.

TABLEAU

De l'ordre dans lequel il sera traité

DES SUBSTANCES ALIMENTAIRES.

VÉGÉTAUX.	FARINEUX	Faciles a digérer. Difficiles à digérer.	Dans chaque section, les alimens seront indiqués à peu près dans l'ordre où ils se digèrent le mieux selon le témoignage le plus ordinaire de l'expérience.
	LÉGUMES	Faciles à digérer. Difficiles à digérer.	
	FRUITS	Faciles à digérer. Difficiles à digérer.	
SUBSTANCES ANIMALES.	SUBSTANCES ANIMALES différentes	Faciles à digérer. Difficiles à digérer.	
	VIANDES	Faciles à digérer. Difficiles à digérer.	
	POISSONS	Faciles à digérer. Difficiles à digérer.	
	ASSAISONNEMENS	Les plus salubres. Moins salubres.	Les plus salubres facilitent la digestion des alimens sans les dénaturer. Les substances moins salubres les dénaturent souvent
	PRÉPARATIONS alimentaires	Les plus salubres. Moins salubres.	
	BOISSONS	Les plus salubres. Moins salubres.	

DES FARINEUX.

Ils nourrissent bien, développent peu de chaleur animale; pris en trop grande quantité, ils sont flatulens et embarrassent le ventre.

Ils peuvent être altérés par l'humidité, les insectes, les mélanges frauduleux.

Tous, excepté la farine de froment, se digèrent mieux lorsqu'on les prépare sans les faire fermenter; pour ce motif, on les préfère en bouillie, en purée ou en galette.

Quant aux farines de froment, elles deviennent plus digestibles par la fermentation, laquelle leur enlève leur viscosité. C'est, en effet, sous forme de pain qu'elles se digèrent le mieux. « L'acte de la panification, dit Barbier, a modifié la composition de la farine du froment, et l'a rendue bien plus facile à digérer. » (*Hyg.*, t. 2, p. 99.)

Je réunirai les farineux dans deux sections; la première renfermera les farineux faciles à digérer, et la deuxième, ceux de digestion difficile.

Farineux faciles a digérer.

(Indiqués en commençant par les plus digestibles.)

Ils peuvent être placés au rang des alimens les plus doux et les plus faciles à digérer. On en fait des bouillies, des crêmes, des gelées ou des potages excellens, qu'il faut rechercher pour les individus faibles, les convalescens, les enfans, les personnes dont la poitrine ou les viscères abdominaux sont irrités, etc.

Salep *de Perse*. — Substance farineuse extraite de la racine ou bulbe de différentes espèces d'orchis. Elle est nourrissante, très douce et très digestible, ce qui la rend utile aux poitrines délicates, contre l'amaigrissement, etc.

Elle est plus agréable cuite dans le bouillon gras que dans le lait ou tout autre bouillon maigre. Deux gros peuvent donner la consistance de gelée à une livre de liquide.

Elle se prépare, du reste, comme la semoule, ou comme la fécule de pomme de terre.

Arrow-root. — Moussache. — Fécules que fournissent les racines de différentes plantes des Antilles; elles sont très adoucissantes et très faciles à digérer. Celle que l'on connaît sous le nom de *fécule de dictame* ou de *moussache de Barbade* est une des plus digestibles et des plus douces. J'ai vu ces fécules réussir souvent, lorsqu'il fallait rechercher des alimens de leur nature, et que les meilleurs farineux n'étaient pas bien supportés ; et je regarde comme mal informés les auteurs qui nous disent qu'elles peuvent toujours se remplacer par la fécule de pomme de terre. Elles sont surtout précieuses lorsque l'estomac et les intestins sont très sensibles. Elles conviennent beaucoup aux petits enfans, etc.

Elles s'emploient et se préparent absolument comme la fécule de pomme de terre.

SAGOU *des Indes.* — Fécule en petits grains, retirée de la moëlle d'une espèce de palmier. Elle est restaurante, de très facile digestion, et très adoucissante.

Elle se prépare et s'emploie comme le vermicelle.

La crême de sagou est un aliment des plus légers ; on l'obtient comme la crême de riz. — (Voyez RIZ.)

Le sagou se conserve long-temps dans un lieu sec ; celui des îles Moluques est le meilleur. Il y en a de rosé, de gris, et de blanc ; les deux derniers sont les plus estimés.

TAPIOCA. — Fécule en petits morceaux grenus, extraite de la racine de manioc. Elle est très adoucissante, très digestible et agréable au goût. Elle s'emploie au gras et au maigre. Une cuillerée suffit pour une livre de liquide. — Pour que le tapioca cuise mieux et plus promptement, il faut le laisser tremper à froid, pendant plusieurs heures, dans le tiers environ du liquide avec lequel on doit le préparer; on le met ensuite dans le reste du liquide bouillant, et on laisse bouillir pendant une demi-heure au moins. Le tapioca, concassé extrêmement fin, cuit en moins de temps, et sans qu'on ait besoin de le faire tremper.

FÉCULE *de pomme de terre*. — Aliment doux et facile à digérer, qui réussit bien aux enfans et aux personnes délicates. — Lorsqu'on en fait des bouillies ou des potages, on la délaie avec une petite quantité du liquide froid, puis on verse lentement dans le reste du liquide bouillant, en ayant soin de remuer jusqu'à ce que la cuisson soit achevée.

Il y a de très belles qualités de fécule de pomme de terre, qui offrent presque les avantages des substances précédentes; mais ce sont des qualités difficiles à trouver, et j'ai pu me convaincre qu'elles ne pourraient les remplacer en toutes circonstances.

ORGE *perlé*. — C'est de l'orge que l'on a entièrement nétoyé de son écorce, et réduit en petits grains blancs. Il est plus pur que l'orge mondé et le gruau d'orge, parce que l'écorce de ceux-ci est moins complètement enlevée.

L'orge perlé adoucit, humecte, rafraîchit et se digère facilement; il convient à ceux dont la poitrine ou les entrailles sont échauffées. — On doit le

choisir nouveau, blanc, sec et bien nourri. Il est
sujet à s'altérer en vieillissant.

La crême d'orge est une préparation des plus légères, qui était fort usitée chez les anciens; elle est
bien préférable aux bouillons de viandes, dans les
maladies fébriles.

On prépare l'orge comme le riz, soit qu'on en
fasse des potages, soit qu'on veuille en obtenir des
crêmes. — (Voyez Riz.)

Riz *Cochina*. — Pâte composée, facile à digérer,
nourrissante et douce. Elle s'emploie et se prépare
de la même manière que la semoule; elle peut se
conserver long-temps.

Semoule. — Vermicelle. — Pâtes composées
de la plus belle farine de froment, d'une petite
quantité de safran et de sel; elles sont faciles à digérer, adoucissantes et un peu fortifiantes. — Pour en
faire des potages, il faut les semer peu à peu dans le
liquide en ébullition, ensuite cuire à petit feu, en
remuant de temps en temps.

Riz. — Grain d'une plante cultivée en France, en
Italie, et surtout chez les peuples qui environnent
les Tropiques. Celui de la Caroline est très estimé.

Le riz se digère aisément; il est doux et nutritif,
il passe pour resserrer le ventre. Cette propriété lui
vient sans doute de son effet adoucissant. Il doit être

bien cuit; alors, il est gonflé, ramolli et s'écrase facilement entre les doigts sans y faire sentir des parcelles encore dures. Le riz mal cuit serait indigeste.

La crême de riz est un aliment facile à digérer et
convenable aux personnes dont les intestins sont
irrités.

Pour faire cuire le riz, on le met dans une faible
quantité d'eau tiède; on le fait crever en le laissant
bouillir à très petit feu; ensuite on le délaye avec du
bouillon, de l'eau ou du lait bouillant; puis on
achève la cuisson et on assaisonne.

Mais, pour obtenir la crême du riz, il faut, quand
le riz est cuit, le passer à travers un tamis, puis le
remettre sur le feu, pour donner à la crême plus de
consistance, si elle n'en a pas assez, et pour ajouter
l'assaisonnement. — Les crêmes d'orge, de sagou,
de gruau, se préparent de même.

GRUAU *d'avoine*, ou AVOINE *nétoyée de son écorce*.
— Il doit être nouveau, bien net, blanc, sec, sans
mauvaise odeur, et fait avec de l'avoine bien nourrie.
Il adoucit, restaure et se digère assez bien; on en
obtient des potages, mais surtout des crêmes que
l'on recherche beaucoup pour les personnes qui ont
la poitrine irritable et les intestins délicats. On le
prépare comme le riz. — (Voyez RIZ.)

FARINE *de froment ou blé*. — Celle de première
qualité est appelée fine fleur de farine. On l'extrait

des gruaux du blé. Elle est adoucissante, un peu fortifiante, facile à digérer quand on en fait du pain,
moins digestible en bouillie; elle entre dans les pâtisseries légères; elle compose le pain de gruau, qui
est le pain le plus aisé à digérer, le plus doux, le
meilleur pour les sujets faibles.

Les plus belles qualités, après la fine fleur, font
un pain moins digestible, mais plus fortifiant, et qui
convient à la plupart des individus. — Voyez plus
loin, les autres qualités de Farine *de froment*.

La farine de blé trop nouveau donne des dysen-
teries. Voici ce que dit Tourtelle, au sujet de l'ancienneté nécessaire à la salubrité du blé, du seigle et de
leur farine : « Le froment et le seigle nouveaux ne sont
pas sains, surtout lorsque l'année a été humide. Il
convient d'attendre, pour les travailler, qu'ils aient
au moins passé l'hiver.

« La farine est meilleure quand elle est faite depuis
un mois. »

La farine de blé mêlé d'*ivraie*, graine vénéneuse, et
celle de *blé noirci* ou malade du charbon, carie ou
nielle, peuvent occasionner des maux de tête, des étourdissemens, des convulsions, des paralysies, etc., etc.

Le blé cornu ou *ergoté* est un vrai poison; il cause
des étourdissemens, des convulsions, des gangrènes
sèches, etc., etc. Quelques auteurs pensent que l'on
a exagéré les mauvais effets de l'ergot; cependant,
ils le regardent comme malsain. Le pain qui en

renferme a une saveur amère et très désagréable ; il est parsemé de taches ou points de couleur violette ; quelquefois même, toute sa pâte a une couleur violacée.

Observation.

Dans les farineux difficiles à digérer, on trouve quelques substances qui, selon la préparation ou les espèces, se digèrent assez bien.

Voyez Maïs *ou* Blé de Turquie. Il est assez digestible quand on le prépare en bouillie.

Voyez aussi Pomme de terre. On en a des espèces assez faciles à digérer.

Voyez encore Millet, Sarazin *ou* Blé *noir*, dont on fait des bouillies qui passent pour être de digestion assez facile.

Farineux difficiles a digérer.

(Indiqués en commençant par les plus digestibles.)

Ils donnent une nourriture plus pesante que les farineux précédens, demandent plus d'énergie dans les fonctions digestives, et sont facilement digérés par les personnes fortes ; ils les nourrissent mieux, et leur conviennent pour l'usage habituel. Ils réussissent moins bien aux sujets faibles. Ceux-ci ne doivent en user qu'avec réserve.

Maïs *ou* Blé de Turquie. — Plante originaire des contrées méridionales. On la cultive en France ; ses

graines sont très usitées comme aliment; on en retire une farine adoucissante et nutritive. Cette farine est presque toujours un peu grosse, et ne se
conserve guère plus d'une année; elle est plus long-
temps à cuire que les fécules pures, fait des bouillies
agréables au goût et qui se digèrent mieux que celles
de farine de froment. Elle donne aussi d'excellente
pâtisserie; mais son pain est lourd et resserre le ventre;
c'est en bouillie qu'elle est préférable.

« Selon M. Lespès, rapporte le docteur Deslandes,
dans son *Traité d'Hygiène*, page 309, les peuples qui
font usage de bouillies avec la farine de maïs, n'ont
ni calculs urinaires, ni maladie de vessie. Ces bouillies ont fait disparaître des hypocondries, des dysen-
teries, et délivré de l'épilepsie des populations en-
tières. »

Les propriétés adoucissantes de la farine de maïs
peuvent, en effet, avoir une influence favorable
dans ces diverses maladies.

POMME DE TERRE. — Aliment peu difficile à digérer, doux et nourrissant; il y en a des espèces qui
sont délicates et assez digestibles : telles sont la précoce, le cornichon, la jaune longue aplatie, la
blanche longue, etc.

La pomme de terre doit être parfaitement mûre.
Elle est malsaine, lorsqu'elle est pénétrée de cercles
rougeâtres.

5

« La pomme de terre, dit M. le professeur Girardin, n'a aucune action malfaisante sur l'économie; mais, ce qu'il y a de très remarquable, c'est que ses tubercules en état de germination deviennent un poison narcotique pour les bestiaux ; il suffit de donner aux bêtes à cornes les lavures provenant de pommes de terre germées, pour déterminer la paralysie de leurs extrémités postérieures. » (*Chim. élém.*, t. 2, p. 328.)

Les fécules de pomme de terre ont été comprises dans les farineux faciles à digérer, page 60.

MILLET. — Plante cultivée en France pour ses petites graines qui servent à la nourriture de l'homme et des oiseaux. Elles sont adoucissantes, et donnent des bouillies assez faciles à digérer. On les prépare comme le riz. Elles font du pain très indigeste.

SARRAZIN *ou* BLÉ *noir*. — Il est fort usité dans plusieurs départemens de France. Sa farine est grisâtre, parce qu'elle contient toujours des parcelles d'écorce, dont on ne peut la nétoyer. C'est un aliment doux et nourrissant, qui se digère assez bien en bouillie, mais moins facilement en galettes, quoique celles-ci soient généralement plus recherchées. Son pain est humide et de digestion très difficile. Il ne se conserve pas long-temps frais; dès le lendemain de sa cuisson, il se sèche, se fend, s'émiette et finit par devenir fort désagréable.

FARINES *de froment dont le pain est moins blanc que celui des plus belles qualités*. — Après les premières qualités de farines de froment, viennent d'autres moins belles, qui font un pain plus bis et moins facile à digérer, mais qui nourrit et fortifie davantage et convient aux constitutions robustes. La bouillie de ces farines n'est pas aussi digestible que leur pain; quelques auteurs pensent qu'elle est plus nourrissante.

L'article *Farines de froment* (premières qualités), a été compris parmi les farineux facilement digestibles; et il a été question, dans ce même article, de diverses causes qui nuisent à la salubrité des farines de froment. (Voyez p. 62.)

FARINE *de seigle*. — Elle nourrit moins que la farine de froment; elle est cependant assez fortifiante. On en fait un pain qui est difficile à digérer et cause parfois des vents et des coliques; il lâche un peu le ventre, et c'est pour cela, sans doute, que beaucoup de personnes le croient rafraîchissant. Les bouillies que l'on prépare avec cette farine sont aussi de digestion difficile.

La farine de seigle, mêlée avec la farine de blé, donne un pain agréable et salubre pour les sujets forts.

Le seigle trop nouveau, et la farine de seigle trop récemment moulue, sont insalubres. (Voyez p. 63.)

L'usage du seigle ergoté est très dangereux; il produit les mêmes accidens que le blé ergoté. (Voyez page 63.)

LENTILLES. — Elles sont difficiles à digérer, particulièrement avec leur enveloppe; c'est en purée qu'elles se digèrent le mieux. Ce légume n'occasionne pas autant de vents que les haricots et les pois; il fortifie, mais échauffe souvent et resserre le ventre.

Les petites lentilles, ou lentilles à la reine, sont les plus délicates.

FÈVES DE MARAIS, *en maturité complète.* — Elles nourrissent et fortifient, mais se digèrent difficilement, surtout avec leur enveloppe.

Les fèves de marais, jeunes et peu développées, sont, au contraire, de plus facile digestion lorsqu'on en conserve l'enveloppe. Il sera question de ces dernières parmi les légumes faciles à digérer.

Les fèves de marais peuvent faire du pain.

HARICOTS *en grains.* — POIS *de jardin.* — Légumes farineux, fortifians, de digestion pénible quand ils sont secs ou qu'ils conservent leur enveloppe, moins difficiles à digérer lorsqu'on les mange nouveaux ou en purée; plus digestibles encore, mais moins fortifians, quand ils sont verts et développés incomplètement.

Les haricots rouges ne causent pas autant de vents que les autres espèces.

Les haricots verts, en gousses ou cosses très jeunes, adoucissent et se digèrent avec facilité. — *(* Voyez *Haricots verts* et petits *Pois verts*, parmi les légumes de facile digestion.)

Chataignes. — Marrons. — Alimens fortifians, de digestion difficile. C'est dans leur nouveauté et cuits à l'eau qu'ils se digèrent le mieux. On fait, avec ces farineux, des crêmes agréables au goût et assez digestibles.

Orge. — Son gruau, sa farine, en potage ou en bouillie, fournissent un bon aliment qui adoucit, rafraîchit et se digère assez bien; mais le pain d'orge est passé en proverbe comme nourriture grossière; la plupart des individus le digèrent avec peine.

L'orge perlé fait partie des farineux de facile digestion, p. 60.

Avoine. — Donne un pain noir, amer et indigeste, qui échauffe et resserre le ventre.

Le gruau d'avoine a un article particulier parmi les *farineux de digestion facile*, p. 62.

DES LÉGUMES.

Les légumes herbacés contiennent peu de principes nutritifs ; les racines en renferment davantage ; les légumes farineux sont ceux qui nourrissent le plus.

Les légumes doivent être tendres et fondans, ou le devenir par la cuisson. Tels sont la plupart des légumes nouveaux, bien nourris, bien cultivés et fraîchement cueillis.

Lorsqu'ils viennent dans leur climat et dans leur saison, ils sont, en général, de meilleure qualité que ceux que l'on obtient à force d'art, sur des couches ou dans des serres.

On conserve, pour l'hiver, certains légumes tendres, comme les haricots en gousses, les petits pois, etc. Ces alimens deviennent souvent coriaces, peu agréables, et sont ordinairement de qualité médiocre.

Le mélange des légumes avec quelque substance animale, forme des mets très salubres.

Les légumes faciles à digérer seront séparés ici de ceux qui se digèrent difficilement.

Légumes faciles a digérer.

(Indiqués en commençant par les plus digestibles.)

Cette section renferme la plupart des légumes nouveaux, jeunes et tendres; ils sont, en général, doux et rafraîchissans, et deviennent fondans par la cuisson. Ils doivent être préférés pour les individus faibles.

Épinards. — Il faut les choisir tendres, mous, bien nourris, venus en terrain gras. Ils adoucissent et se digèrent aisément. Ils donnent aux selles une couleur verte, ce qui les fait passer à tort pour difficiles à digérer; et, s'ils pèsent quelquefois sur l'estomac, c'est presque toujours parce qu'on les assaisonne avec une trop grande quantité de graisse, de beurre ou de crême.

Bette ou Poirée *blanche*. — Arroche ou Bonne-Dame. — Plantes potagères faciles à digérer, douces et rafraîchissantes. Elles s'emploient pour corriger l'acidité de l'oseille; on les fait entrer dans les bouillons, soit gras, soit maigres.

Les côtes de la poirée blanche cultivée d'une manière particulière, se nomment cardes, et sont considérés comme un aliment sain.

Chicorée *cultivée ou blanchie.* — Endive. — Scarole. — Laitue. — Herbes rafraîchissantes fa-

ciles à digérer lorsqu'elles sont cuites ; mais, à l'état
cru, elles causent des vents et se digèrent difficilement. Cependant, quand elles sont fort tendres, on
en fait des salades assez digestibles, pourvu, toutefois, qu'on en mange peu.

On ne doit employer la laitue qu'en petite quantité à la fois, et rarement sans mélange, car elle renferme un suc un peu stupéfiant. Galien conseille de
ne pas boire cru une certaine dose de ce suc, parce
qu'il empoisonnerait comme la ciguë. Andry, pour
justifier ce conseil de Galien, rapporte le fait suivant dont il fut témoin : « Une dame s'était guérie
de boutons au visage en prenant du jus de cerfeuil ;
son mal ayant recommencé, comme elle croyait que
le cerfeuil était rafraîchissant, elle le remplaça par
le jus de laitue ; ce qui détermina des pesanteurs d'estomac, la perte de l'appétit, des étourdissemens, des
convulsions, etc. » J'ai éprouvé moi-même que la
laitue mangée en grande quantité, même étant cuite,
pouvait occasionner des nausées, des étourdissemens,
des maux de tête, et autres accidens.

La laitue romaine est l'espèce qui expose le moins
à ces mauvais effets.

OSEILLE. — Jeune, tendre et légèrement acide,
elle rafraîchit et se digère aisément. On corrige l'acidité de l'oseille avec la poirée, la laitue ou la bonne-
dame. L'oseille trop acide, ou mangée avec excès,

pourrait causer des douleurs dans l'estomac, dans le ventre, dans la poitrine.

Pour préparer l'oseille, il ne faut jamais se servir d'un vase de cuivre, car des chimistes habiles, MM. Planche et Girardin, ont découvert un sel très vénéneux dans de l'oseille cuite dans le cuivre. Celle qui a été analysée par M. le professeur Girardin, avait occasionné des accidens assez graves ; le poison s'était formé pendant la cuisson, puisqu'on avait eu grand soin de ne pas laisser séjourner l'oseille dans la bassine. — (Voyez *Journ. de Pharm.* , août 1838.)

HARICOTS *verts , en gousses ou cosses très jeunes.* — Tendres et bien nourris, ils adoucissent, rafraîchissent et sont très digestibles. Ceux de couleur gris‾ vert sont les meilleurs.

ASPERGES. — On les choisit grosses, tendres et bien nourries ; elles sont faciles à digérer, un peu fortifiantes, et plus nutritives que les autres légumes ; elles échauffent lorsqu'on en mange beaucoup. Elles donnent aux urines une odeur fétide ; elles irritent quelquefois les voies urinaires.

CARDES *de poirée.* — **CARDES** *d'artichaut.* — **CARDONS** *d'Espagne.* — Plantes potagères, adoucissantes, et qui ne fatiguent pas l'estomac lorsqu'elles sont bien cuites. Mais l'usage de les apprêter à la moelle ou au jus, les rend lourdes ou échauffantes.

CHOU FLEUR. — CHOU BROCOLI. — On choisit les têtes les plus blanches, les plus fermes et les plus serrées. Ils se digèrent aisément, rafraîchissent et adoucissent. Les vents qu'ils occasionnent ne troublent pas la digestion; surtout lorqu'on ne mange que la fleur et les tiges les plus faibles.

Petit CHOU DE BRUXELLES. — Est assez digestible, mais moins adoucissant que le chou fleur.

ARTICHAUT. — On lui attribue souvent la propriété d'échauffer et d'agiter pendant le sommeil; il pourrait produire cet effet lorsqu'il est cru, car, alors, il se digère difficilement; mais, lorsqu'il est cuit, c'est un aliment doux, nourrissant et de digestion facile.

HOUBLON. — Les sommités de ses tiges encore jeunes et très tendres, se mangent au printemps, à la manière des asperges. Elles sont faciles à digérer et un peu fortifiantes.

SALSIFIS. — SCORSONNÈRE *ou* SALSIFIS *d'Es-pagne*. — On les choisit tendres, faciles à rompre, charnus, succulens et d'une saveur douce et agréable. Ils se digèrent avec facilité. Ils renferment un principe échauffant fort prononcé, surtout dans le scorsonnère; mais ce principe se trouve très affaibli lorsqu'on les fait complètement cuire dans de l'eau, ou qu'on les y fait bouillir seulement un quart d'heure, et qu'ensuite on les retire de cette eau pour les accommoder, ou achever leur cuisson.

Les salsifis, préparés de cette manière, sont doux ou tout au plus légèrement fortifians, et les scorsonnères ont perdu toute leur âcreté; mais ils conservent encore des propriétés un peu échauffantes.

CAROTTES *très jeunes et tendres*. — Elles sont faciles à digérer et fortifiantes. Il faut les choisir d'une saveur douce.

Les carottes complètement développées font partie des légumes de difficile digestion.

FÈVES DE MARAIS *très jeunes, encore peu développées*. — Tendres et fondantes, c'est un aliment doux et facile à digérer, quoiqu'un peu flatulent. Les personnes fort délicates doivent toujours les rechercher bien cuites, et en user avec quelque réserve. Lorsqu'on les prépare, on ne doit pas enlever leur robe ou enveloppe, parce qu'elle les rend plus digestibles. Mais quand les fèves sont parvenues à leur entier développement, elles se digèrent moins bien lorsqu'on les mange avec leur robe.

Les fèves de marais complètement développées, ont été comprises dans les farineux de digestion difficile. — (Voyez p. 68.)

Petits POIS *verts*. — Légumes un peu venteux, ce-

pendant assez digestibles. Ils passent pour adoucir ;
néanmoins, quelques personnes les accusent d'é-
chauffer et de leur occasionner des coliques, des diarrhées et autres accidens ; c'est sans doute parce
qu'elles les digèrent mal. Ils ne conviendraient pas
aux convalescens. Les personnes faibles doivent s'assurer s'ils leur réussissent. — Plus les pois sont petits
et verts, plus ils sont délicats.

Les pois arrivés à leur complet développement,
ont été rangés parmi les farineux difficiles à digérer.
— (Voyez p. 68.)

Observation.

Parmi les légumes difficiles à digérer, ils se trouve
quelques substances qui, selon la préparation ou les
espèces, se digèrent assez bien. Voyez :

Céleri. — Il est passablement digestible quand
on le mange cuit.

Pomme de terre. — Potiron. — Chou. — Il y
en a des espèces qui sont de digestion assez facile.

Légumes difficiles a digérer.

(Indiqués en commençant par les plus digestibles.)

Ils comprennent des légumes complètement développés, des racines fermes, des farineux légumineux.
Ils sont d'un tissu plus compact, plus tenace, ou
renferment des sucs plus épais que les précédens ; ils

conviennent principalement aux personnes fortes et qui digèrent avec facilité; ils leur fournissent des alimens plus nutritifs. Les sujets faibles ne doivent en user qu'avec circonspection.

PANAIS. — Racine échauffante, plus employée comme assaisonnement que comme aliment; elle est peu difficile à digérer. Il serait dangereux de la confondre avec la racine de jusquiame ou celle de ciguë, qui, toutes deux, lui ressemblent beaucoup. La racine de ciguë a, comme le panais, une saveur douceâtre, et se reconnaît à des taches rouges qui sont au bas de ses tiges.

CAROTTES, *complètement développées*. — Elles sont peu difficiles à digérer quand elles sont tendres. Elles fortifient, mais échauffent lorsqu'on en mange beaucoup.

Les carottes très jeunes font partie des légumes faciles à digérer. — (Voyez p. 75.)

POMME DE TERRE. — Légume farineux. Il en a été question parmi les farineux. — (Voyez p. 65.)

PATATE *ou* BATATE. — Racine du *convolvulus batatas*, plante de l'Inde et de la Guyane. Cette racine, connue sous le nom de patate d'Espagne, est rougeâtre en dehors, blanche en dedans, moins farineuse que la pomme de terre, et aussi sucrée que la betterave. Elle adoucit et se digère peu difficilement.

CHERVI *ou* RACINE SUCRÉE. — Elle est adoucissante, mais de digestion un peu difficile; elle rassasie, cause des vents lorsqu'on en mange beaucoup. La préparation où elle devient le plus salubre est de la faire cuire à l'eau, et de l'apprêter comme le salsifis.

TOPINAMBOURG *ou* POIRE DE TERRE. — Racine un peu difficile à digérer, venteuse, adoucissante. Elle s'emploie comme la pomme de terre; elle a le goût de l'artichaut. On la recommande à ceux qui ont habituellement une faim dévorante, mais les digestions faciles.

BETTERAVE. — Racine rafraîchissante que les estomacs froids digèrent avec peine. On la fait cuire à l'eau, au four, ou sous la cendre, et on la mange fricassée ou en salade. Elle convient aux estomacs chauds, lorsqu'ils ont une certaine énergie.

CÉLERI. — Il échauffe; il est assez digestible lorsqu'on le fait cuire, mais, lorsqu'il est cru, il ne convient pas aux personnes dont les digestions sont un peu difficiles.

CHICORÉE *cultivée*. — LAITUE. — POURPIER. — MACHES *ou* DOUCETTES. — Herbes potagères qui rafraîchissent. Elles se digèrent difficilement, lorsqu'elles sont crues; mais la chicorée et la laitue cuites sont de digestion facile. (Voyez p. 71.)

CHICORÉE *sauvage*. — PISSENLIT. — On en fait des salades amères qui n'ont point la propriété de rafraîchir qu'on leur attribue généralement. Elles fortifient lorsqu'on les digère avec facilité. Elles réussissent mal aux individus faibles.

CRESSON *aquatique*. — Il excite, il échauffe beaucoup, et, comme il est toujours un peu coriace lors même qu'on l'a fait cuire, il ne doit être employé qu'avec réserve par les sujets faibles. Il agit, dit Broussais, si fortement sur la vessie, qu'il produit chez les personnes irritables une douleur analogue à celle qui serait causée par un calcul.

Le cresson alénois ou des jardins est âcre et très échauffant. On ne l'emploie que comme assaisonnement.

MELON. — POTIRON. — CITROUILLE. — Voyez ces fruits légumineux, parmi les fruits difficiles à digérer.

NAVET. — Aliment doux, un peu fortifiant, mais difficile à digérer et venteux; il est souvent employé avec succès dans la composition des bouillons adou_ cissa ns

On cultive aux environs de Paris de petits navets qui sont assez digestibles.

CHOU. — Légume difficile à digérer, venteux, un peu fortifiant.

Les choux crépus et frisés de Vérone, de Boulogne ou de Milan, sont les plus tendres.

Le chou marin est agréable, sain et très précoce; il vient avant l'asperge; ses jeunes pousses se mangent comme ce légume.

Mais le chou à lances, dit *chou à vaches*, *chou vert*, etc., d'un usage général en Basse-Normandie et en Bretagne, est un de ceux qui se digèrent le plus difficilement, quoiqu'il soit très tendre, surtout quand il a été atteint dans ses jeunes pousses par les premières gelées.

LENTILLES. — FÈVES DE MARAIS. — HARICOTS. — POIS. — Voyez ces légumes farineux parmi les farineux difficiles à digérer, p. 68. Ils offrent, dans leur nouveauté, un aliment qui convient à beaucoup de personnes.

POIREAU. — Plante échauffante, venteuse et difficile à digérer. Elle a besoin d'être bien cuite. C'est un assaisonnement agréable et sain dans les bouillons, quand on l'emploie avec modération.

OGNON. — Cru, il est indigeste, venteux, âcre, échauffant. Il perd une partie de son âcreté par la cuisson, si on ne le fait pas roussir, et donne, alors, une substance mucilagineuse un peu sucrée, mais encore de digestion difficile.

L'ognon est plutôt un assaisonnement qu'un aliment.

RAVES. — RADIS. — Racines âcres, échauffantes, indigestes, venteuses. On ne doit en user que comme assaisonnement.

MORILLE. — Espèce de champignon poreux et spongieux. Elle est moins dangereuse et moins compacte que les autres espèces. Il faut la choisir tendre, de la grosseur d'une noix, ovale ou oblongue, de couleur jaunâtre ou blanchâtre, et percée de grands trous qui représentent des rayons de miel. On doit éviter de la récolter par la rosée ou après la pluie. Elle est délicieuse et très recherchée ; elle fortifie, restaure ; mais elle échauffe et se digère difficilement. On l'emploie beaucoup dans les sauces. — Fodéré dit qu'elle est quelquefois funeste. (*Méd. leg.*, t. 4, p. 59.)

TRUFFES. — Leur tissu compacte et serré, le principe très excitant qu'elles renferment, en font un mets indigeste qui échauffe beaucoup, et dont l'abus est fort dangereux. On doit les manger avec sobriété et les bien mâcher ; il n'en faudrait user que comme assaisonnement. — On les choisit d'une grosseur médiocre, assez dures, récentes, bien nourries, d'une odeur et d'un goût agréable, et qui n'aient souffert aucune altération. Toutes celles que l'on conserve, par quelque procédé que ce soit,

6

perdent leur arome et leur saveur. — Les volailles truffées peuvent se garder pendant plus d'un mois.

On lit, dans le *Dictionnaire de Thérapeutique*, que les truffes s'altèrent facilement, et occasionnent alors des vomissements, des coliques et beaucoup d'autres accidens.

CHAMPIGNONS *comestibles*. — Substance compacte, spongieuse, d'une saveur et d'une odeur agréables. Elle est fort recherchée, soit comme aliment, soit comme assaisonnement; elle échauffe, se digère avec peine, et cause parfois de graves accidens.

L'usage fréquent des meilleurs champignons est toujours très nuisible.

De Jussieu disait que tous les champignons étaient suspects.

On trouve dans le *Traité d'hygiène* du docteur Briant, que les meilleurs champignons peuvent, dans certaines circonstances, devenir malfaisants, soit par l'effet de certaines qualités du sol, soit à raison de la température régnante, de la saison ou de leur âge. Les connaissances et une longue expérience ne peuvent rassurer complètement.

De plus, il y a beaucoup d'espèces de champignons vénéneux qu'il est facile de confondre avec les champignons comestibles.

Il est donc bien essentiel de savoir distinguer les bons champignons d'avec les mauvais.

Je ne m'occuperai ici que des champignons les plus connus et les plus usités. L'auteur dont je vais citer quelques passages sur ce point, s'est aidé des excellens mémoires du docteur Paulet.

Mousseron, *Agaric Mousseron*. — « Il se trouve abondant, au printemps et en été, dans les prés montagneux, dans les friches, et dans la mousse des bois, dont il est souvent caché. Il est nu, sans volva (enveloppe, coiffe) et sans collet; il s'étend jusqu'à quinze lignes de diamètre, ou trente millimètres, en conservant toujours sa forme convèxe. Sa surface ressemble à la peau d'un gant; sa peau ne s'enlève pas; sa chair est épaisse, cassante. Il a une odeur fort agréable; il est bien plus délicat que le champignon commun de couches, et bien plus recherché. C'est celui aussi qui est le moins sujet à faire du mal. Il peut venir sur les couches. » (*Dict. de Macquart*, t. 1, p. 231.) — On le choisit gros comme un petit pois, blanc, tendre, charnu et fort odorant.

Champignon commun des couches. — *Champignon à lames couleur de rose.* (*Agaricus edulis, campestris*, Lin.) — « Ce champignon varie de grandeur. Son pédicule est solide, court et blanc, muni d'un collet déchiré, rose sur ses bords, renflé à sa base, sèche et cassante, sans membrane, parce que ce champignon ne sort pas d'un volva, tandis que l'espèce vénéneuse, que l'on confond avec lui, a une véri-

table bulbe, et les restes d'un volva, à la base de
son pédicule.

Le chapiteau de l'agaric comestible connu, est
hémisphérique dans sa jeunesse, bientôt s'aplatit,
et devient très large. Sa surface supérieure st
blanche d'abord, et devient fauve; quoique le pédicule soit contigu à la chair, il s'en détache facilement et assez net. Les feuillets de dessous sont
roses, et deviennent ensuite bruns et noirs. La
chair est douce et blanche. Sous sa membrane,
qui s'enlève facilement, est une chair blanche d'une
saveur et d'une odeur agréables, ressemblant un
peu à celle du cerfeuil. Quand on coupe la chair,
elle noircit promptement.

Lorsqu'on apprête ce champignon, après l'avoir
nétoyé et pelé, on le met tremper une heure dans
de l'eau où l'on jette un peu de vinaigre : on le
place quelques minutes dans l'eau chaude, pour l'attendrir, et on le met dans les sauces. » (*Dict. de
Macq.*, t. I, p. 229.)

Remarques relatives à la qualité des champignons.
— Les bons champignons comestibles, dit Lemry,
sont ceux qui prennent leur accroissement dans la
seule durée d'une nuit, sur des couches de fumier.
Ils doivent être d'une grosseur médiocre, à peu
près comme une châtaigne, charnus, bien nourris,
blancs en dessus, rougeâtres en dessous, de consistance assez ferme, mais se rompant facilement,

moëlleux en dedans, d'une odeur et d'un goût agréables. Voilà les préceptes qui servent de base aux cuisiniers pour faire leur choix.

Plus la substance du champignon est blanche, compacte, sèche et cassante, moins elle est malfaisante, lorsque l'odeur et la saveur en sont agréables.

« Il est bon, autant que possible, dit Persoon, de faire la récolte des champignons comestibles, dans un temps un peu sec, et surtout après la rosée, de les prendre dans leur état adulte, et même avant l'épanouissement entier du chapeau ; car, dans un trop grand degré de maturité, la chair en devient flasque, se putréfie, ou les vers s'y développent. » (*Traité des champ.*, p. 165.)

Ce même auteur conseille de ne pas conserver les champignons étant apprêtés, parce qu'ils s'altèrent facilement, et acquièrent des qualités délétères.

On mange des champignons dangereux, sans être averti, arrêté, par leur goût particulier. (*H. Chaussier*, p. 61.)

Champignons dont il ne faut jamais faire usage. — Il est défendu de vendre des champignons qui, étant de bonne qualité, auraient été gardés d'un jour à l'autre. (*Ord. de police.*)

Le professeur Orfila recommande de rejeter les champignons qui ont passé fleur, c'est-à-dire qui se flétrissent et se décomposent ; car, alors, ils perdent leur saveur, acquièrent une mauvaise odeur,

et deviennent dangereux. La présence des vers et
des limaces sur les champignons, ajoute-t-il, ne
prouve point qu'ils soient bons, comme on le croit
ordinairement, car ces animaux se nourrissent
aussi bien des espèces qui sont nuisibles à l'homme.

Si le champignon passe trop de temps sur la terre,
il devient un poison mortel, à cause d'une fermentation qui s'y est faite. (*Lemry.*)

Pour ce qui est des espèces appelées bollets, on
doit les couper avant d'en faire usage, afin de s'assurer s'ils changent de couleur, et deviennent bleus ;
alors il serait imprudent de les employer comme
substance alimentaire.

On a remarqué que quand les champignons ne
conservent pas leur couleur après avoir été lavés,
et qu'ils deviennent, ou bleus, ou rouges, ou noirs,
ils sont très dangereux. (*Lemry.*)

En France, on doit suspecter les champignons
lorsqu'en les coupant on remarque à la tranche
plusieurs couleurs. (*H. Chaussier.*)

On doit rejeter les champignons qui sont remplis
d'un suc laiteux. (*Orfila.*)

Les champignons qui croissent dans des caves,
dans des bois touffus, très ombragés et humides,
sont, en général, mauvais. (*Orfila*, p. 134.)

Observation.

Je n'ai pas compris, dans le chapitre destiné aux légumes, ceux qui ne s'emploient absolument que pour assaisonner les substances alimentaires ; ils feront partie des assaisonnemens.

DES FRUITS.

La plupart des fruits rafraîchissent, mais nourrissent peu ; quelques-uns , seulement, sont très nutritifs, et rentrent presqu'entièrement dans la classe des farineux ; tels sont les marrons, les châtaignes, les amandes, les noix, les noisettes, etc.

Les fruits doivent être choisis parfaitement mûrs et bien nourris, et il faut en manger modérément.

Ceux qui viennent à force d'art, avant leur saison, ou loin de leur climat, sont, en général, de qualité médiocre.

Diverses causes peuvent nuire à la digestion des fruits :

1° L'excès d'acidité ;

2° La trop grande quantité d'eau ;

3° La fermeté de leur chair ;

4° L'épaisseur de leur suc ;

5° Un principe particulier qui agit sur les nerfs : il se manifeste surtout dans les cucurbitacées, et c'est à lui qu'il faut attribuer la répugnance invincible que le melon et le concombre excitent chez quelques personnes.

Toutes ces causes se corrigent par la cuisson dans l'eau ou sans eau. Le mélange d'un peu de sucre facilite aussi la digestion des fruits, et les rend plus nourrissans.

Les fruits qui commencent à fermenter ou à s'altérer, donnent lieu, parfois, à des douleurs excessives dans l'estomac et les intestins.

Je m'occuperai, d'abord, des fruits faciles à digérer; ensuite des fruits difficiles à digérer.

FRUITS FACILES A DIGÉRER.

(Indiqués en commençant par les plus digestibles.)

Ils sont moëlleux, pleins de sucs, ou d'une chair tendre ou fondante. Ils ont la propriété de rafraîchir. Ils méritent la préférence pour les personnes faibles, délicates ou sédentaires, les convalescens. On doit cependant s'assurer s'ils réussissent bien; car ils occasionnent assez souvent des douleurs dans l'estomac et dans le ventre, surtout quand ils sont trop acides ou mangés avec excès.

La plupart se digèrent mieux avec un peu de sucre; ils sont alors moins rafraîchissans.

RAISIN. — Il faut le choisir bien mûr, bien nourri, d'une peau mince et délicate, succulent et d'une saveur agréable. Le blanc fournit les espèces qui se digèrent le mieux. Le raisin frais doit se manger sans sa pellicule ; il rafraîchit et se digère facilement. On en fait des confitures qui sont fort saines. — Le raisin sec est plus nourrissant, mais moins digestible.

CERISE. — Fruit du *prunus cerasus*. Il ne faut pas confondre la cerise avec la merise, la guigne et le bigarreau, fruits dont la chair est plus ferme et moins facile à digérer.

La cerise, proprement dite, doit être douce ou très légèrement acide, bien mûre et de bon goût. Elle rafraîchit et se digère aisément. La meilleure, aux environs de Paris, est la cerise à courte queue, que l'on cultive à Montmorency.

Les confitures de cerises sont recherchées pour les personnes délicates.

Les cerises trop acides deviennent plus digestibles quand elles sont cuites et adoucies par le sucre.

GROSEILLES *en grappes, ou* GADES, GADELLES.— On les choisit grosses, molles, luisantes, remplies de suc, légèrement acides et agréables au goût. Elles sont rafraîchissantes et de digestion facile ; mais, à cause de leur acidité, elles conviennent peu aux sujets dont la poitrine ou l'estomac s'irrite facilement. On en fait des gelées fort usitées, très saines, et que l'on recherche pour un grand nombre de sujets faibles. On préfère les groseilles blanches, parce qu'elles sont plus douces que les rouges.

ORANGE. — Elle doit être pleine de suc, avoir l'écorce mince, et l'odeur agréable. On estime, surtout, celle dont la chair est rouge. Les meilleures oranges viennent de Malte, d'Espagne ou de Portugal. L'orange rafraîchit et se digère bien, mais irrite quelquefois la poitrine et l'estomac; son acidité se corrige convenablement par le sucre.

POIRES *délicates*. — Elles sont douces, sucrées, savoureuses; les unes ont la chair fondante, se mangent crues, se digèrent aisément, adoucissent et rafraîchissent; telles sont le Beurré, le Doyenné, le Saint-Germain, la Crassane, etc., etc. D'autres ont la chair ferme; il faut les faire cuire pour les bien digérer; elles rafraîchissent moins que les premières, et passent pour être un peu fortifiantes. On compte parmi elles le Bon-Chrétien, le Messire-Jean, le Martin sec, le Rousselet, etc., etc...

On a tort de penser que les poires qui renferment des concrétions pierreuses puissent donner la pierre.

Il sera question des poires communes dans les fruits de digestion difficile.

POMMES *délicates*. — Leur chair est parfumée, tendre, douce, légèrement acide et de saveur agréable; telles sont le Pigeon, la Reinette, le Calville, le Fenouillet, etc. Elles sont rafraîchissantes, de digestion facile lorsqu'on les fait cuire, surtout si l'on y ajoute un peu de sucre; mais, lorsqu'elles sont crues, c'est un aliment qui ne convient guère aux sujets dont les organes digestifs ont peu d'énergie.

On obtient avec les pommes une gelée agréable, et très salubre pour les personnes faibles.

Les pommes communes seront comprises parmi les fruits difficiles à digérer.

PÊCHES. — Il faut les choisir de bonne odeur, bien colorées, d'un duvet fin, d'une chair un peu ferme, fondante, pleine de sucs; le noyau doit s'en détacher aisément. Elles rafraîchissent, se digèrent avec facilité, surtout lorsqu'on les saupoudre d'un peu de sucre. On en fait des compotes très estimées. Il faut user des pêches avec modération, et en être encore plus sobre vers la fin du repas.

Les espèces les plus délicates sont la Malte, la Madeleine, la Grosse-Mignonne, etc., etc.

Il y a des pêches d'une chair compacte, pâteuse, sèche, peu sapide, comme les Brugnons, etc., etc. Ces espèces se digèrent difficilement.

GROSEILLES *à maquereau*. — C'est ainsi que se nomment les fruits du groseiller épineux, parce qu'ils s'emploient avant leur maturité, en place de verjus, dans la saison du maquereau. On s'en sert aussi comme aliment quand ils sont mûrs, bien nourris et de bon goût. Ils ont alors peu d'acidité, rafraîchissent et sont assez digestibles. — On obtient, avec cette espèce de groseille, une gelée fort salubre pour les sujets faibles, et qui est moins acide que celle de la groseille en grappe.

MERISE. — Espèce de cerise douce, sucrée, et d'une chair un peu ferme. Elle rafraîchit, adoucit, se digère assez facilement. Il y en a de blanches, de rouges et de noires. Ces dernières donnent aux selles une couleur noire.

FRAISES. — Elles doivent être pleines de sucs, et d'une odeur et d'un goût agréables. Les rouges et rondes sont les meilleures ; elles mûrissent mieux que les longues; elles ont plus de parfum, des sucs moins épais et moins lourds que les grosses blanches; elles sont adoucissantes, rafraîchissantes et assez diges- tibles. On y ajoute ordinairement du sucre et quel- quefois un peu de vin. Les personnes délicates doivent s'assurer si elles leur réussissent, et en manger peu.

FRAMBOISES. — Il faut les choisir grosses, remplies de suc et bien parfumées; elles rafraîchissent et se digèrent assez bien. On peut y ajouter du sucre.

ABRICOT. — On le préfère venu en plein vent. Il doit être choisi gros, charnu, coloré, et de bon goût; il est adoucissant, un peu fortifiant et assez facile à digérer; mais, comme il renferme des sucs passablement épais, il faut en user avec modération. Les individus faibles doivent le faire cuire en marmelade ou en compotes.

L'abricot pêche est le plus estimé, quoiqu'il ne soit pas le plus digestible.

Les amandes de noyaux d'abricots se digèrent difficilement; elles renferment de l'acide prussique, et, pour cela seul, il serait dangereux d'en manger beaucoup.

PRUNEAUX. — On les choisit nouveaux, tendres, moëlleux et de saveur agréable. Ils doivent être cuits; alors, ils se digèrent assez facilement, quoique, cependant, ils soient un peu venteux. Ils rafraîchissent et s'emploient souvent pour les malades.

Les pruneaux de Tours, d'Agen, sont les plus estimés. Les pruneaux de Brignolles n'ont ni peau ni noyau; ils sont sucrés et excellens.

Observation.

Le POTIRON, compris parmi les fruits difficiles à digérer, offre des espèces assez digestibles. — (Voyez ce fruit.)

FRUITS DIFFICILES A DIGÉRER.

(Indiqués en commençant par les plus digestibles.)

Ils ont une chair plus ferme ou des sucs plus épais que les précédens; ils sont en général bien digérés par les personnes fortes, lorsqu'elles en mangent avec modération. Mais les personnes faibles doivent en user avec beaucoup de réserve.

FIGUES. — Fruits très usités dans nos départemens du midi. On les choisit molles, succulentes et de bon goût; elles adoucissent, se digèrent un peu diffiicilement; celles dont la peau est tendre et délicate, sont les plus digestibles. — Les figues sèches sont plus nourrissantes que les figues fraîches, mais plus difficiles à digérer. Elles causent des rapports brûlans, lorsqu'on en mange avec excès.

DATTES. — JUJUBES. — Fruits adoucissans, de digestion difficile; ils sont fort en usage comme aliment, dans les climats chauds; mais, en France, ils ne s'emploient guère que pour faire des tisanes.

POMMES *communes*. — Leur chair est trop ferme, trop âpre ou trop acide; telles sont les pommes de Rambourg, etc. Elles sont rafraîchissantes, mais de digestion difficile, surtout lorsqu'elles sont crues.

Les pommes délicates ont été rangées parmi les fruits faciles à digérer. — (Voyez p. 91.)

POIRES *communes*. — Poires dont la chair est âpre, un peu grossière ou dont le suc est épais ; telles sont les poires de Livre, etc. Les poires communes se digèrent difficilement à l'état cru. Elles deviennent plus digestibles par la cuisson ; elles rafraîchissent lorsque leur chair est fondante et douce ; mais, lorsqu'elles l'ont ferme et âpre, elles sont un peu fortifiantes et resserrent le ventre.

La poire de coing diffère des poires communes par son arome excessivement fort ; elle ne se mange point crue, parce qu'elle serait indigeste et trop acerbe. On en fait des confitures, qui sont de bon goût, mais qui échauffent et constipent.

Les poires blettes, ou poires molles, sont rafraîchissantes, mais peu faciles à digérer, à cause de l'épaisseur de leurs sucs.

Les poires délicates sont comprises dans les fruits faciles à digérer. — (Voyez p. 91.)

PRUNES. — Les meilleures ont une peau fine et tendre ; elles sont parfumées, douces et succulentes, telles sont la Reine-Claude, la Verte-Bonne. Elles rafraîchissent, se digèrent difficilement. Il faut en user avec circonspection ; l'abus pourrait donner des fièvres, des coliques, des diarrhées.

Quelques espèces de prunes, telles que le Perdri-
gon, etc., sont préférables séchées au four ou au
soleil. En cet état, elles portent le nom de pruneaux,
et se digèrent assez bien lorsqu'on les fait cuire.
— Voyez PRUNEAUX, parmi les fruits faciles à digérer, p. 94.

MURES. — Fruits du mûrier noir. On les choisit
grosses, de saveur douce et agréable. Elles rafraîchissent et adoucissent, mais sont difficiles à digérer ;
elles occasionnent des vents et des coliques, lorsqu'on
en mange beaucoup. — Quant aux mûres blanches,
elles ont un goût assez peu flatteur, et ne sont point
usitées comme aliment.

GUIGNES. — BIGARREAU. — Espèces de cerises
dont la chair est ferme et indigeste ; elles rafraîchissent lorsqu'on les digère bien. — Le bigarreau
renferme souvent des vers.

CORMES. — NÈFLES. — ALYSES. — Fruits de différens arbres des forêts. On ne peut les manger que
quand ils se sont amollis en restant quelque temps
sur la paille ; ils sont de digestion difficile, passent
pour être un peu fortifians, lorsqu'on les digère avec
facilité, et qu'on en use avec réserve ; ils resserrent
le ventre. — L'usage immodéré de ces fruits cause
des coliques, et trouble la digestion.

7

PASTÈQUE *ou* MELON *d'eau*. — Espèce de melon cultivé dans le midi de la France. Sa chair est rosée, sucrée et pleine de suc. Il rafraîchit, mais se digère difficilement, et comme il est très froid et très fermentescible, on ne doit en user qu'avec circonspection. On le dit assez digestible dans quelques contrées méridionales.

MELON. — Fruit très recherché, produit d'une plante potagère. Il est rafraîchissant, de digestion difficile, et ne convient qu'aux sujets forts ; il cause souvent des coliques, des vents, des diarrhées. On le préfère cru, parce qu'il perd son parfum par la cuisson et devient d'un goût assez désagréable. — Le Cantaloup est l'espèce la plus estimée ; la chair en est rougeâtre, savoureuse et plus digestible que celle des autres melons.

Le melon occasionne à quelques individus une répugnance qu'il ne faut point chercher à vaincre, car on pourrait alors troubler les fonctions digestives.

POTIRON. — Espèce de citrouille, fruit du *cucurbita pepo*, famille des cucurbitacées. Il ne se mange que cuit ; il est plus estimé que la citrouille, rafraîchit, se digère difficilement. On en a des espèces assez digestibles, comme le Gâteau, le Bonnet turc, le Giraumon, etc.

Courges *ou* Calebasses. — Elles sont peu usitées dans le nord de la France ; elles le sont beaucoup plus dans les départemens méridionaux. On les choisit récemment cueillies, légères, d'une chair blanche et moëlleuse ; elles rafraîchissent, se digèrent avec peine, et occasionnent souvent des vents et des coliques.

Tomates *ou* Pomme d'Amour *de Guinée*. — Fruit d'une espèce de morelle (famille des Solanées) que l'on cultive dans le midi de la France ; il est de la grosseur d'une petite orange, d'une couleur rouge et cannelé ; c'est un fruit acide, succulent, agréable et rafraîchissant. Il s'emploie comme assaisonnement aigrelet, mais ne plaît pas à tout le monde ; il se digère difficilement, donne lieu quelquefois à des accidens qui ressemblent sans doute à ceux que causent les narcotiques, puisqu'il est le produit d'une espèce de morelle, genre de plantes narcotiques. On assure que les tomates de nos provinces méridionales n'occasionnent jamais de mauvais effets.

Aubergine. — Fruit oblong, gros comme un œuf ; on le cultive dans les pays chauds de l'Europe, et notamment dans les départemens méridionaux de la France. Il est froid, insipide, venteux et de digestion difficile.

Concombre. — Fruit d'une plante potagère. Il rafraîchit, se digère difficilement ; il excite, chez quelques personnes, une répugnance qui exposerait à des indigestions si on voulait la surmonter. Il peut se manger cru, assaisonné comme la salade.

CORNICHONS. — Fruits très jeunes du concombre; on les confit dans le vinaigre et le sel; ils forment ainsi un assaisonnement échauffant et indigeste dont il faut user avec modération. — Les cornichons confits que l'on trouve dans le commerce, doivent souvent leur belle couleur verte à du cuivre que l'on a mis dans le vinaigre, et sont alors très dangereux.

CITROUILLE. — On la choisit d'une chair ferme et d'une saveur agréable; c'est un fruit rafraîchissant, difficile à digérer; il ne se mange que cuit.

CHATAIGNES. — MARRONS. — Voyez ces fruits farineux, parmi les farineux difficiles à digérer, p. 69.

OLIVES — Elles ne se mangent que confites dans la saumure; elles sont alors échauffantes et difficiles à digérer, et offrent plutôt un assaisonnement qu'un aliment.

PISTACHES. — Amandes vertes qui viennent de l'Orient; elles ont la grosseur d'une noisette, un bon goût et une odeur agréable. Elles fortifient, mais se digèrent avec peine, échauffent lorsqu'on en mange beaucoup, et causent des vertiges et des maux de tête.

Noix. — L'amande de ce fruit est estimée quand elle est mûre et dans sa nouveauté ; elle est alors douce, nourrissante, mais de digestion difficile. Dans l'état sec, elle est encore moins digestible, et irrite la gorge et l'estomac. — Les noix confites échauffent ; les noix en cerneaux se digèrent mal.

Amandes *douces*. — Noisettes. — Avelines. — Fruits adoucissans et nourrissans, mais très difficiles à digérer, surtout quand ils sont secs. Il faut les choisir nouveaux et d'un goût agréable. La pellicule qui les enveloppe est astringente et irritante ; elle excite souvent la toux. Ces fruits sont fort malsains lorsqu'ils sont rances.

Amandes *amères*. — Amandes *d'abricots*. — Amandes *de pêches*. — Elles fortifient, mais se digèrent très difficilement. On ne pourrait en manger une certaine quantité sans danger, à cause de l'acide prussique qu'elles renferment. — Employées à trop haute dose dans la composition des liqueurs de table, elles occasionnent de véritables empoisonnemens.

DES DIFFÉRENTES SUBSTANCES ANIMALES.

Aux articles *Viandes* et *Poissons*, je ne m'occuperai que de la chair proprement dite, ou partie musculaire des animaux. Je forme donc un article séparé qui comprendra, et les différentes substances que les animaux produisent, comme les œufs et le lait, et celles qui font essentiellement partie d'eux-mêmes, comme la chair, la graisse, le sang, la langue, le foie, les intestins, la cervelle, la laitance, les ris, le poumon, le cœur, les tendons, les os, les pieds, la tête, etc.; mais je ne parlerai de la chair que d'une manière très succincte, puisqu'il en sera question ailleurs. Ainsi, les diverses substances animales usitées comme aliment se trouveront réunies dans cet article, qui sera, en quelque sorte, complété par les articles *Viandes* et *Poissons*. Elles formeront deux sections; la première contiendra les plus faciles à digérer, et la deuxième celles qui sont de digestion difficile.

SUBSTANCES ANIMALES DE FACILE DIGESTION.

(Indiquées en commençant par les plus digestibles.)

Elles renferment des substances humectantes ou moëlleuses, tendres, fondantes; elles conviennent particulièrement aux sujets faibles, à ceux qui mènent une vie sédentaire, aux personnes qui ne digèrent pas facilement, aux enfants, aux vieillards, aux convalescens. Tous ces individus rechercheront parmi elles les substances dont la propriété est le plus en rapport avec leur santé; mais ils devront user avec réserve de celles qui sont très grasses, ou de saveur fade; telles sont la cervelle, la laitance, la fraise de veau, etc.

LAIT. — Aliment doux, nutritif et facile à digérer. Il est plus digestible lorsqu'il est nouvellement trait, qu'il n'a pas bouilli, et qu'il n'est mêlé avec aucune autre substance alimentaire; mais, lorsqu'on le fait bouillir, il se conserve pendant un temps plus long, supporte mieux le mélange des alimens. — Le meilleur lait est d'une odeur douce, d'une couleur blanche, d'une saveur sucrée, et d'une consistance telle, que lorsqu'on en verse sur l'ongle une petite goutte, elle ne coule point, et conserve sa forme ronde.

Le lait doit venir d'un animal sain, bien nourri,

ni trop jeune ni trop vieux, qui ne soit ni en chaleur, ni près de son terme, ni du moment où il a
mis bas. C'est trois mois après le part qu'il a acquis
toute sa perfection. On l'estime surtout au mois de
mai, et dans les saisons où les animaux se nourrissent d'herbes nouvelles et tendres.

Deyeux et Parmentier ont remarqué que le lait
qui sort le premier du pis de la vache, est plus sé-
reux, et fournit beaucoup moins de beurre que celui
qu'on tire sur la fin.

Pour employer le lait avec tout le succès possible
dans les maladies, il faut le prendre nouvellement
trait et encore chaud, le boire lentement et en petite
quantité d'abord, afin de s'y accoutumer peu à peu.
Lorsqu'on est obligé de le faire chauffer, sa température ne doit pas être élevée à plus de 20 à 25
degrés centigrades.

On a reconnu, dans tous les temps, que le lait
modère la sensibilité, et la chaleur des organes qu'il
imprime une sorte d'habitude de mouvemens tran-
quilles, et amène, à la longue, le calme des passions.

Il peut devenir un puissant moyen de guérison
contre les maladies chroniques de la poitrine, de
l'estomac et du ventre; contre un grand nombre
d'affections nerveuses, contre la goutte, les rhuma-
tismes, les dartres. Cheyne assure qu'on en obtient
d'excellens résultats contre le cancer.

C'est un aliment très salutaire aux enfans, aux personnes délicates, sensibles, irritables, etc. Les individus qui ne peuvent le digérer pur, le supportent ordinairement avec facilité lorsqu'ils le coupent avec ou de l'eau, mieux avec quelque infusion légèrement aromatique.

Il y a différentes sortes de lait, que je vais indiquer dans l'ordre où elles se digèrent le mieux.

Lait de femme. — Il est tempérant ; c'est l'aliment par excellence pour les petits enfants. A l'occasion de cette espèce de lait, on trouve, dans Fr. Hoffmann, le passage qui suit : « Il est beaucoup plus prudent de donner aux nourrices des alimens qui engendrent un lait léger, fluide et doux. C'est une erreur grossière de croire que les nourrices font un lait meilleur et plus convenable à la santé de l'enfant, si elles usent d'alimens succulens, comme les viandes, les œufs, la pâtisserie ; et c'est une coutume meurtrière de leur faire suivre un semblable régime. Il faut bien plutôt le regarder comme la cause des maladies, souvent funestes, auxquelles les enfans des riches sont plus souvent et plus aisément exposés que ceux des pauvres. Le plus sûr est donc de donner aux enfans, pendant les premiers mois, un lait très léger, et successivement, c'est à dire vers la fin de la première année, on risque moins de le leur donner plus épais et plus nourrissant. » (*Méd. rais.*, t. 2, p. 195.)

Le lait de femme est aussi très convenable contre les phthisies et les autres maladies de consomption.

Lait d'ânesse. — *Lait de jument.* — On les recherche pour les malades. Ces deux espèces sont
tempérantes; mais on estime surtout le lait d'ânesse.
« Il est moins chargé de parties butyreuses et caséeuses que les autres laits, dit Lemry; c'est pourquoi il est plus clair, plus léger et plus facile à digérer; il est pectoral, rafraîchissant, humectant, res-
taurant; il adoucit les humeurs âcres et salées qui
tombent sur la poitrine et sur les autres parties du
corps; il soulage les gouttes, les maladies des yeux
quand elles viennent d'âcretés, et les ardeurs d'u-
rines; il lâche le ventre et il engraisse. » (*Trait. des
Drog.*, p. 87.)

Le lait d'ânesse, le lait de jument, ainsi que celui
de femme, conviennent mieux que les autres espèces
aux estomacs très irrités, et c'est par eux qu'on dé-
bute quand on veut amener, par degrés, un malade
au lait de vache, qui est celui qu'on emploie de préférence dans la diète lactée. On choisit alors le lait
d'ânesse, parce qu'il se rapproche le plus du lait de
femme, qu'il n'est pas sujet à autant de variations,
et que la grande quantité de serum qu'il contient
lui donne des propriétés encore plus relâchantes.
Cependant, il faut tenir compte du dégoût qu'il
inspire à la plupart de ceux qui en font usage.
Hoffmann le regardait comme un spécifique admi-
rable pour entretenir la santé et pour prolonger la vie.
—On l'administre tout nouveau trait, en ayant soin

de ne le pas laisser refroidir, et même de ne le pas exposer à l'air. On doit en user préférablement au printemps et en automne.

Lait de chèvre. — Il est moins fluide, moins doux, plus tonique que les autres espèces; il est aussi moins venteux que celui de la vache. Il resserre un peu le ventre, parce que la chèvre se nourrit de diverses plantes astringentes. Il a une odeur particulière, qui se rapproche beaucoup de celle que l'animal répand. On doit, lorsqu'on fait usage de ce lait, empêcher la chèvre de brouter les tithymales dont elle est très avide, mais dont le suc âcre et caustique donnerait à son lait des propriétés irritantes.

Lait de vache. — Il est nourrissant, réparateur et adoucissant. C'est à cette espèce qu'il faut particulièrement rapporter ce que j'ai dit d'abord du lait en général.

Lait de brebis. — Il est très adoucissant; cependant il ne s'emploie, si ce n'est pour faire des fromages, que lorsqu'on ne peut s'en procurer d'autre, parce qu'il est gras et épais; néanmoins, quelques médecins le préconisent, comme propre à prévenir l'amaigrissement.

Remarques sur les diverses espèces de lait dont il vient d'être question. — Les trois premières (lait de femme, lait d'ânesse, lait de jument), se ressemblent beaucoup; elles ont pour caractère la prédominance du sucre et du sérum; elles nourrissent moins que les autres espèces, mais sont plus digestibles et plus tempérantes. Les trois dernières (lait de chèvre, lait de vache, lait de brebis) se distinguent, au contraire, par la grande quantité de parties caséeuses et butyreuses; elles nourrissent davantage, mais se digèrent moins aisément. Le proverbe dit, à leur sujet : «beurre de vache, caillé de chèvre et fromage de brebis.»

ŒUFS. — Les meilleurs sont très frais; ils paraissent alors clairs, transparens, et ne laissent voir aucun vide lorsqu'on les expose à la lumière. — Le blanc de l'œuf est une substance douce; le jaune a des propriétés un peu échauffantes; l'un et l'autre réunis forment un aliment fortifiant, mais assez adoucissant quand l'œuf est bien frais. Les œufs trop anciens échauffent.

La digestibilité de l'œuf dépend de sa cuisson; si on le mange cru, il se digère presque toujours mal, lors même qu'il est pondu tout récemment; trop peu cuit, il est glaireux et de mauvaise digestion; trop cuit, il est dur et pèse sur l'estomac; l'œuf très frais, cuit à la coque et à point, est laiteux, très digestible et excellent pour les personnes délicates. En général, l'œuf se digère bien à l'aide des préparations où il se conserve mollet et un peu fluide; telles sont : l'œuf au miroir, l'œuf poché, l'œuf brouillé, l'omelette

modérément cuite, etc., etc. Quant aux préparations où l'œuf a durci, comme l'œuf à la tripe, au
beurre noir, etc., etc., elles sont de difficile digestion.

Les œufs les plus estimés sont les œufs de poule
et de faisan; ensuite viennent ceux de canard et de
dinde; les œufs d'oie sont moins bons. — Les œufs
de vanneau, oiseau aquatique, sont délicats et recherchés. — On estime aussi les œufs de tortue; ils
nourrissent et rafraîchissent; ils sont plus salubres un
peu gardés que tout récens; ceux qui sont tachés et
dont la coquille est le plus dure, passent pour les
meilleurs. Le blanc de ces œufs ne se coagule pas
par la chaleur comme celui des autres œufs. On fait
la même remarque à l'égard des œufs de mouette,
qui sont excellens.

CHAIR *des poissons faciles à digérer.* — C'est un
aliment doux et très sain pour les personnes délicates.
On compte un grand nombre de poissons de cette
espèce. — (Voyez plus loin : Poissons faciles à digérer.)

VIANDE, CHAIR *ou* PARTIE MUSCULAIRE *des animaux, les poissons exceptés.* — Celle des animaux
faciles à digérer doit être préférée pour les individus
faibles qui ont besoin d'une nourriture très substantielle. On trouve beaucoup de viandes de ce genre.

(Voyez plus loin : Viandes faciles à digérer.) ――
Mais on ne doit pas ignorer que plus les viandes sont
colorées, plus elles développent de chaleur animale,
et, par conséquent, moins elles sont adoucissantes.

LANGUES. — Elles ont à peu près les mêmes propriétés que la chair des animaux dont elles proviennent; elles sont nutritives et faciles à digérer, dans le
veau, l'agneau, le mouton, le chevreuil. La langue de
bœuf est un peu plus ferme et moins digestible,
mais très nourrissante et d'un goût agréable.

OREILLES. —— On estime celles du veau et de l'a-
gneau; elles sont gélatineuses, adoucissantes et de
digestion facile. Les oreilles de cochon ont un très
bon goût, mais se digèrent moins aisément.

LAITANCE *ou* LAITE. — On la trouve dans les poissons mâles; c'est un manger délicat dans beaucoup
d'espèces; il nourrit, adoucit et se digère assez bien.
Il faut cependant en user avec modération, parce qu'il
est un peu fade. On estime surtout les laitances de
carpes, de harengs, de maquereaux.

RIS. —— Glande située à la partie supérieure de la
poitrine de l'animal. C'est un aliment adoucissant
et assez digestible. Les personnes délicates ne doivent
en manger qu'en petite quantité, parce qu'il est un
peu fade et pâteux.

CERVELLE. — Aliment estimé dans le veau et le mouton ; il adoucit et se digère assez bien, mais, à cause de son peu de saveur, les personnes faibles ne doivent en user qu'avec réserve. On dénature souvent cet aliment par la manière de l'apprêter.

FRAISE *de veau, d'agneau.* (*Mésentère* de ces animaux.) — Substance gélatineuse, nourrissante et douce, qui se digère assez facilement quand elle est bien cuite et qu'elle n'est pas coriace ou très chargée de graisse. Elle ne convient pas à tout le monde ; il faut consulter l'expérience dans son usage.

POUMON. (*Mou.*) — Substance molle, humide et adoucissante ; elle est assez digestible lorsqu'elle vient des jeunes animaux. On emploie surtout le poumon de veau ; il est connu sous le nom de mou de veau. On fait usage aussi du poumon d'agneau ; ces alimens sont passablement nourrissans ; mais, comme ils ont un goût peu flatteur, les personnes faibles ne peuvent en manger sans quelque circonspection. Ils s'emploient, plus particulièrement, pour faire des bouillons.

CRÊTES *de coq.* — On désigne ainsi les éminences rouges et dentelées que les coqs et les poules ont sur la tête. C'est un mets recherché, délicat, adoucissant et assez digestible. — Celles qui sont grandes, épaisses et blanches, sont les plus estimées.

Cornes. — On emploie, comme aliment, les pousses ou cornes nouvellement sorties des bois du cerf; encore molles et tendres, elles sont gélatineuses, délicates, adoucissantes et assez faciles à digérer.

On fait, avec la corne de cerf rapée, une gelée douce, nutritive et de facile digestion.

Têtes. — Celles de quelques animaux faciles à digérer, comme le veau, le merlan, la carpe, etc., sont estimées et assez digestibles; elles ont les propriétés de la chair de l'animal.

Pieds. — Pattes. — Dans les très jeunes animaux, ce sont des alimens gélatineux, adoucissans et de digestion assez facile. — On estime surtout les pieds de veau, d'agneau, de mouton; les pattes de volailles. Ces substances servent aussi à faire des gelées.

Rognons *de coq*. — Dans le jeune coq, les substances désignées communément sous ce nom, sont adoucissantes, assez digestibles et très recherchées.

SUBSTANCES ANIMALES DE DIFFICILE DIGESTION.

(Indiquées en commençant par les plus digestibles.)

Elles sont fermes, compactes, dures, coriaces ou grasses, pesantes; elles conviennent aux individus robustes et qui digèrent avec facilité. — Les personnes faibles n'en doivent user qu'avec réserve.

CHAIR *des poissons difficiles à digérer.* — Elle est, en général, nourrissante et assez fortifiante ; il y a un très grand nombre de ces poissons. — (Voyez plus loin : Poissons de digestion difficile.)

VIANDES *difficiles à digérer.* — Elles offrent les substances qui nourrissent et fortifient le plus. On a beaucoup d'espèces de viandes de ce genre. — Voyez plus loin : Viandes de digestion difficile.)

FOIE. — Aliment fortifiant, mais difficile à digérer. Il est estimé dans les jeunes animaux qui ont été engraissés ; par exemple dans le chapon, le poulet, l'oie, le veau, le cochon. Parmi les poissons on recherche le foie dans la raie, la morue, la lotte, le brochet. — Il faut avoir l'attention de faire cuire le foie sans le laisser se durcir, et d'en manger modérément ; trop cuit il serait dur et peu digestible.

Le foie est âcre, irritant et indigeste dans les animaux âgés, dans ceux dont la chair est noire et dans beaucoup de poissons.

Les foies gras de canard ou d'oie, que l'on obtient en nourrissant ces volatiles par un procédé particulier, forment la base de ces fameux pâtés de foie gras de Strasbourg, du Périgord, etc., si estimés des

8

gastronomes, et qui, offrant le foie combiné avec les truffes et la graisse, donnent un aliment des plus difficiles à digérer.

MOELLE. — Substance grasse renfermée dans l'intérieur des os. Elle nourrit, adoucit, se digère difficilement. Les moelles de bœuf, de mouton, de veau, de lièvre, sont estimées et plus digestibles que celles des autres animaux; il faut cependant en manger peu. — La moelle s'emploie beaucoup, dans les cuisines, pour préparer certains mets.

GRAISSE. — Elle adoucit, mais elle est insipide et pèse sur l'estomac quand on la mange seule. La plus agréable et la plus digestible est celle qui avoisine les parties charnues. — Tous les alimens surchargés de graisse se digèrent avec peine.

La graisse est très usitée dans la préparation des mets; on doit toujours la choisir fraîche. — Voyez GRAISSE, parmi les Assaisonnemens les plus salubres.

ROGNON ou REIN. — Son tissu ferme, un peu coriace, le rend difficile à digérer. C'est un aliment fortifiant qui ne convient qu'aux estomacs vigoureux. Il est de bon goût et plus digestible dans le veau, l'agneau et les jeunes animaux.

CŒUR. — Cette partie des animaux est très ferme, très compacte, et, par conséquent, difficile à digérer. Cependant, lorsqu'elle est bien cuite, elle nourrit et fortifie.

SANG. — On l'emploie quelquefois en le mêlant avec d'autres substances alimentaires. Il est échauffant et toujours de très difficile digestion, de quelque manière qu'on le prépare. On s'en sert pour faire du boudin et d'autres mets dont les individus forts peuvent seuls se permettre l'usage fréquent.

Le sang est plus mal sain pendant l'été, et dans les pays chauds, surtout lorsqu'il provient d'animaux échauffés par la course. Il est défendu, en Orient, par les législateurs philosophes.

Le sang le plus usité est celui du cochon. On estime encore celui du lièvre.

En général, tous les alimens dans lesquels il entre du sang, acquièrent des propriétés vénéneuses, lorsqu'ils s'altèrent ou qu'on les garde trop long-temps.

Le sang devient dangereux, lorsqu'on le fait chauffer dans un vase de cuivre, ou qu'on l'y laisse séjourner même fort peu de temps

GÉSIER, *ou deuxième estomac des Granivores.*— Substance adoucissante, mais presque toujours dure et indigeste.

INTESTINS *ou* TRIPES. — Ce sont des substances douces, mais coriaces et difficiles à digérer dans les

animaux âgés, et, comme on les apprête presque
toujours avec une grande quantité d'épices propres
à relever leur saveur fade, elles ont alors, en plus,
l'inconvénient d'être échauffantes. On estime les
intestins dans le veau et dans l'agneau. — (Voyez
FRAISES *de veau et d'agneau*, parmi les Substances
animales de facile digestion, page 111.)

OEUFS *de poissons*. — Ils sont nutritifs et un peu
fortifians; tous se digèrent difficilement , et, sous ce
rapport, ne diffèrent que du plus au moins. Les plus
digestibles sont les œufs de la carpe et de la perche;
ils sont agréables au goût et recherchés; mais ceux
du brochet, de la lamproie, de la tanche, du turbot,
du barbillon, de la lotte, occasionnent parfois des
vomissemens , des coliques , des évacuations alvines.

RATE. — Aliment mauvais, grossier, de pénible
digestion.

TÊTE. — Cette partie de l'animal possède les
mêmes propriétés que la chair, mais elle a, en général, peu de qualité. Cependant on estime beaucoup
la tête du sanglier et celle du cochon, parmi les animaux qui se digèrent difficilement; et les têtes de
veau, de merlan, de carpe, parmi les animaux de
digestion facile.

PIEDS. — PATTES. — Ils sont composés de peau,

de tendons, de membranes, de ligamens, de cartilages, etc., qui, chez les animaux âgés, en font des
substances très difficiles à digérer, peu nourrissantes,
et, par ce motif, peu en usage ; mais, chez les très
jeunes animaux, ces substances sont assez fondantes,
assez digestibles et recherchées; elles renferment une
grande quantité de gélatine, qui les place au rang des
adoucissans.

PEAU.— LIGAMENS.— APONÉVROSES.— TENDONS.
CARTILAGES. — Os. — Substances, en général, dures
et très indigestes. On ne les emploie que pour faire
des bouillons et de la gélatine, qui seraient assez
mal digérés, à cause de leur saveur fade, si l'assaisonnement y était négligé; ces préparations doivent
être comptées parmi les adoucissans.

DES VIANDES.

Dans l'article qui précède, je me suis occupé des différentes substances tirées des animaux ; dans celui-ci, il ne sera question que de celles qui sont désignées communément sous le nom de viandes ; je veux dire de la partie charnue des animaux, les poissons exceptés.

Les viandes fournissent les alimens les plus nutritifs, les plus substantiels. Elles développent beaucoup de chaleur animale, et en développent d'autant plus que leur couleur est plus prononcée. Les viandes noires ou très colorées sont échauffantes ; les viandes rouges fortifient beaucoup ; les viandes blanches sont celles qui fortifient le moins, souvent elles peuvent faire partie d'un régime adoucissant.

Comme les viandes développent beaucoup de chaleur, on doit en combiner l'usage avec celui des végétaux, en comprenant ces derniers pour la plus forte partie.

L'abus des viandes engendre un grand nombre de

maladies, soit aiguës, soit chroniques : les plus ordinaires sont les fièvres bilieuses, les affections inflammatoires, la goutte, les dartres, l'hypocondrie, l'apoplexie, etc., etc,

La viande est une nourriture trop forte pour les
petits enfans. « La viande sera pour l'enfant, dit le
professeur Hufeland, ce qu'est le vin pour le jeune
homme, c'est-à-dire trop forte, et contraire aux
lois de la nature. Voici quels en sont les résultats :
on excite et on entretient dans l'enfant une fièvre
artificielle; on précipite la circulation du sang; on
augmente la chaleur, et on dispose le corps à des
crises violentes et à des inflammations. Un enfant
nourri de la sorte a l'air bien portant; mais la plus
petite cause suffit pour mettre tout son sang en mouvement, et, quand les dents commencent à pousser,
que la petite vérole et autres fièvres se déclarent,
causes qui, par elles-mêmes, portent le sang à la
tête avec violence, alors on peut s'attendre à des
fièvres inflammatoires, à des convulsions, à des
coups de sang, etc. La plupart des hommes croient
qu'on ne peut mourir que de faiblesse ; on meurt
aussi d'un excès de force et d'irritation, et c'est à
quoi expose l'usage mal entendu des stimulans.
Outre cela, une nourriture aussi forte accélère, dès
le commencement, le procédé de la vie et la consomption; on donne trop d'activité à tous les sys-
tèmes et aux organes, et, au lieu de fortifier la vie,

on procure les causes qui l'abrègent. On ne doit pas non plus oublier que, par là, on accélère trop le développement des dents, et par suite la puberté, un des moyens qui abrègent le plus la vie, et qui ont l'influence la plus fâcheuse sur le caractère même. Les hommes et les animaux qui vivent de viande, sont tous plus violens, plus passionnés, plus cruels. Les enfans qui en ont l'habitude, deviennent forts, mais en même temps passionnés, violens et brutaux.» (*Art de prolonger la vie*, p. 231.)

« Il importe, dit J.-J. Rousseau, de ne point rendre les enfants carnassiers : si ce n'est pour leur santé ; c'est pour leur caractère ; car, de quelque manière qu'on explique l'expérience, il est certain que les grands mangeurs de viandes sont, en général, cruels et féroces, plus que les autres hommes ; cette observation est de tous les lieux et de tous les temps. » (*De l'Éducation*, p. 237, t. 1er.)

Les viandes n'ont pas la même qualité dans toutes les régions du corps de l'animal ; les parties les plus exercées sont les plus fermes et les moins digestibles.

Il faut que la viande soit bien nourrie, c'est-à-dire pénétrée d'une quantité modérée de graisse. Elle se digère mal quand elle est trop grasse, ou trop maigre, ou qu'elle vient d'un animal trop âgé ; dans une jeune bête, elle contient beaucoup de gélatine, ce qui la rend moelleuse, agréable, et de digestion aisée. Il ne faut pas cependant que ce principe soit trop abondant; chez les animaux trop jeunes, il domine à ce point que leur chair est insipide, rebutante, peu digestible, et excite parfois des vomissements.

Les viandes salées ou fumées sont âcres, irritantes, fermes et difficiles à digerer.

Les viandes altérées et celles qui proviennent d'animaux malades, sont très insalubres, et peuvent donner lieu aux accidents les plus funestes.

Je réunirai les différentes viandes dans deux sections; la première comprendra les viandes faciles à digérer, et la deuxième celles de digestion difficile.

VIANDES FACILES A DIGÉRER.

(Indiquées en commençant par les plus digestibles.)

Elles sont tendres sans être molles; leurs fibres sont entremêlées d'une quantité modérée de graisse et de parties gélatineuses; telles sont les viandes dans les animaux ni trop jeunes ni trop vieux, bien nourris, et qui ne font point trop d'exercice, ou qui ont subi la castration; c'est parmi elles que doivent choisir les sujets faibles, les convalescens, les individus qui ne digèrent pas facilement. Ils y rechercheront celles dont les propriétés sont le plus en rapport avec leur santé.

POULET, *âgé de deux à cinq mois.* — Sa chair est blanche, se digère aisément, adoucit et restaure; les blancs de l'aile et de la poitrine sont les parties les plus légères et les plus douces.

Le poulet d'un an et la jeune poule qui a pondu, ont la chair ferme.

LAPEREAU, *ou Lapin âgé de trois à six mois.* — Sa chair est blanche, adoucissante et très digestible; le râble ou chair située le long de l'épine du dos, est la partie la plus délicate. — Le lapereau sauvage est surtout estimé.

PERDREAU, *ou jeune Perdrix.* — Sa chair est un peu colorée, et fortifie plus que les précédentes; cependant elle est assez adoucissante; elle se digère avec facilité. Les parties les plus estimées dans le perdreau sont les ailes et la chair de la poitrine. — On trouve de bons perdreaux dès le mois d'août.

Le perdreau des espèces appelées Perdrix rouge et Bartavelle, a la chair plus blanche, plus douce et plus délicate.

PIGEONNEAU, *âgé d'un mois.* — Cette viande est moyennement colorée, fortifie et se digère facilement. Après les viandes douces et légères du poulet, du lapereau et du perdreau, la chair plus tonique, mais aussi légère du pigeonneau, est la première que l'on puisse donner aux convalescens. — Les cuisses et les chairs de la poitrine sont les morceaux préférés.

CAILLE. — Chair un peu colorée qui nourrit et fortifie. Elle est d'un très bon goût, et se digère aisément lorsqu'on se la procure jeune, tendre et bien nourrie, sans être trop grasse, car elle est quelquefois couverte d'une très grande quantité de graisse, qui la rend difficile à digérer. — Les ailes et la poitrine sont les parties les plus estimées.

ALOUETTE. — GELINOTTE. — GRIVE. — BECFIQUE. — PLUVIER. — ORTOLAN. — ETOURNEAU. — VANNEAU. — MERLE. — BÉCASSEAU. — BÉCASSINE. — La chair de ces oiseaux est noire et échauffante. C'est un mets agréable et de digestion facile, en automne, quand ils sont jeunes, tendres et bien nourris sans être trop gras. Les ailes sont les parties les plus estimées. Quelques-uns, comme la bécassine, le bécasseau, le pluvier, l'alouette, la grive, etc., se préparent sans qu'on les vide; alors ils sont plus savoureux, mais presque toujours moins salubres. On en voit aussi qui deviennent par trop gras; par exemple la grive, l'ortolan, le pluvier, le becfique, etc. Ils n'en sont que plus agréables au goût et plus recherchés; mais, en général, quand ces oiseaux, dont la chair est fort colorée, sont en même temps très gras, ils nuisent à l'estomac, et occasionnent des rapports brûlans.

FAISANDEAU, *ou jeune Faisan.* — La chair de

cet oiseau est moyennement colorée et fortifiante.
C'est un manger délicieux et facile à digérer en automne, quand elle est tendre et bien nourrie. — Les
ailes sont les morceaux les plus recherchés. — Le
faisan adulte a besoin d'être mortifié pour devenir
agréable et tendre; il ne convient point aux personnes délicates.

DINDONNEAU, *ou jeune Dinde*. — Viande blanche
facile à digérer, adoucissante et nourrissante. — Les
ailes et les chairs de la poitrine fournissent un aliment salutaire même aux convalescens.

POULARDE. — CHAPON, *ou Poulets engraissés
après avoir subi la castration*. — Ils sont excellens
quand ils ont de sept à huit mois. Leur chair est
blanche, adoucissante et nourrit bien; elle se digère
facilement lorsqu'elle n'est pas trop grasse, mais elle
ne serait pas assez légère pour être donnée dans les
premiers temps de la convalescence. — Les blancs
de la poitrine et des ailes sont les parties les plus
estimées.

PINTADE, *ou Poule de Guinée*. — On les a beaucoup multipliées en France depuis plus de soixante ans.
Leur chair est blanche et d'un goût fin. Les jeunes
passent pour un bon manger, mais ne peuvent être
préférées à nos bonnes poulardes du Mans, et sont,

comme elles, susceptibles de se charger d'une trop grande quantité de graisse.

CHEVREUIL, *âgé de six mois.* — Cette viande est colorée, moins muqueuse que celle de l'agneau, et lui est préférable. C'est un aliment exquis, fortifiant et de digestion facile. — Les cotelettes et le gigot sont les parties les plus délicates. Mais la manière de les préparer en fait presque toujours des alimens échauffans.

CHEVREAU. — AGNEAU, *âgés de six mois.* — Ces viandes presque blanches, adoucissent, rafraîchissent et se digèrent assez bien; mais comme elles sont gélatineuses et un peu fades, les convalescens doivent s'en méfier, parce qu'elles pourraient leur donner des diarrhées. — Les cotelettes et le gigot sont les meilleurs morceaux.

VEAU *de deux à trois mois.* — Viande blanche, adoucissante et assez digestible. Cependant, elle ne convient pas toujours aux convalescens, parce qu'elle relâche trop. — Les côtelettes, la rouelle ou partie charnue de la cuisse, sont surtout estimées.

La chair du veau de trois, quatre, cinq ou six mois, se digère plus facilement que quand elle est plus faite.

MOUTON. — Viande colorée, fortifiante, très bonne

en automne et au printemps. Ses parties les plus délicates et les plus estimées sont les côtelettes et le
gigot : elles sont assez faciles à digérer pour être don-
nées aux personnes faibles; mais, comme la chair en
est un peu compacte, elles ne conviendraient pas dans
le commencement d'une convalescence. Le mouton
ne s'emploie que quand l'estomac a repris de la force;
il doit précéder l'usage du bœuf.

Bœuf.— Cette viande est colorée, compacte, nourrit beaucoup et fortifie; elle est bonne toute l'année;
elle a cependant moins de qualité dans les mois de
mars et d'avril. — Ses parties les plus délicates sont
le filet, la culotte et la tranche; elles sont assez digestibles, et conviennent le mieux aux personnes
faibles. Le filet ou muscles psoas est le meilleur
morceau en rôti; la culotte ou muscles fessiers donne
le bouilli le plus tendre et le plus estimé; et la tranche
ou portion charnue de la cuisse est fort recherchée
pour les bouillons.

Observation.

La Poule et la Perdrix adultes, placées au rang
des viandes difficiles à digérer, s'emploient avec
avantage pour faire des bouillons qui sont très digestibles.

Le Lièvre et le Carard, que l'on compte aussi

parmi ces viandes, sont quelquefois de digestion assez
facile, selon l'âge, l'espèce, la qualité, etc.

VIANDES DIFFICILES A DIGÉRER.

(Indiquées en commençant par les plus digestibles.)

Elles sont fermes, compactes, coriaces ou grasses
et pesantes; on les tire des animaux arrivés à leur
complet développement, de ceux qui sont endurcis
par l'exercice, et de ceux qui vivent au milieu des
eaux bourbeuses. Elles sont, en général, plus riches
en sucs nourriciers que les viandes faciles à digérer,
et conviennent mieux aux individus forts, surtout
lorsqu'ils ont des digestions parfaites et qu'ils se
livrent à des travaux pénibles; mais les personnes
faibles, délicates, et même celles dont la vie est peu
active, ne doivent en user qu'avec réserve.

POULE. — LAPIN. — DINDE. —- Quand ces animaux ont pris toute leur croissance, la chair n'en est
plus blanche, douce et tendre, comme lorsqu'ils sont
plus jeunes; elle a une teinte plus colorée et est devenue ferme et moins digestible; mais elle contient
plus de sucs nutritifs, et fortifie davantage; elle
forme un très bon aliment, surtout bouillie ou cuite à
l'étuvée. — On fait, avec la poule adulte, d'excellens
bouillons qui sont plus substantiels que le bouillon
de poulet, et plus légers, plus délicats que celui de

bœuf. Ils sont précieux pour un grand nombre d'individus à qui ce dernier ne convient pas.

Le poulet, le lapereau et le dindonneau, sont compris dans les viandes faciles à digérer, p. 121, 122 et 124.

FAISAN. — Arrivé à sa croissance, et encore jeune, c'est un des oiseaux dont le goût est le plus exquis. Il tient le milieu entre les viandes blanches et les viandes noires; il est peu difficile à digérer, excellent en automne, il fortifie et restaure; il a besoin d'être mortifié.

Le faisandeau fait partie des viandes faciles à digérer, p. 123.

PERDRIX *adulte*. — Chair brune, ferme, agréable au goût, très fortifiante et peu difficile à digérer. Elle est préférable en automne et cuite à l'étuvée, ou bouillie; on en fait des bouillons très restaurans; la poitrine est le morceau le plus estimé —La perdrix rouge, qui est celle dont le bec, les paupières et les pattes sont rouges, est l'espèce la plus délicate; sa chair est d'un blanc jaune.

Le perdreau est rangé parmi les Viandes faciles à digérer, p. 122.

PIGEON *adulte*. — Sa chair est noire, ferme, sèche et de digestion un peu difficile; elle est

nutritive mais échauffante; on la mange bouillie ou
cuite à l'étuvée. Les cuisses sont les morceaux qu'on
recherche le plus. — La tourterelle, espèce de pigeon,
est d'une chair plus délicate. — Le pigeon ramier
ou sauvage, est moins estimé que le pigeon domestique.

Le pigeonneau a été mis au nombre des viandes
faciles à digérer, p. 122.

MOUTON. — BOEUF. — Viandes colorées, fermes
et très nutritives. Elles fortifient, se digèrent un
peu difficilement. Ce sont les viandes les plus usitées pour les individus en santé; elles font partie de
celles qui conviennent le mieux à toutes les constitutions. — (Voyez, page 125, quels sont les morceaux les plus digestibles, les plus délicats, et qu'il
faut préférer pour les sujets faibles.

CHEVREUIL. — C'est le plus estimé des animaux
des forêts. Il ne doit pas avoir plus de deux ans.
Sa chair est noire, échauffante, peu difficile à digérer. — Les côtelettes, le gigot, sont les morceaux
les plus recherchés.

Le chevreuil de six mois est placé au rang des
viandes faciles à digérer, page 125.

LIÈVRE. — On estime surtout le lièvre de sept à
huit mois; c'est celui appelé trois-quarts; il tient le

9

milieu entre le levraut et le lièvre fait. Sa chair est très colorée, de digestion peu difficile; mais elle échauffe, et l'on doit en manger modérément. Le râble est la partie la plus délicate. Un levraut de trois à quatre mois est un mets fort recherché et de facile digestion.

SARCELLE. — Espèce de canard. Sa chair est noire et échauffante; elle est de bon goût, et plus facile à digérer que celle du canard.

CANARD. — Sa chair est noire, nourrit beaucoup et fortifie; elle se digère difficilement quand il n'est plus jeune. On le préfère élevé dans les eaux vives. Les ailes et les chairs de la poitrine sont les meilleurs morceaux. — Le canard sauvage est le plus estimé. Le canneton, et surtout le jeune canard sauvage, sont assez digestibles.

OIE. — Viande colorée, fortifiante, difficile à digérer. On la choisit d'un âge moyen et bien nourrie. Les ailes et les chairs de la poitrine sont les parties que l'on préfère. — Le foie gras de l'oie est nourrissant et très recherché, mais de pénible digestion. — L'oie sauvage est plus digestible que l'oie domestique.

POULE D'EAU. — BÉCASSE. — RALE D'EAU. — MACREUSE. — Oiseaux aquatiques assez recherchés, quand ils sont jeunes et bien nourris. Leur chair est noire, échauffante, et de difficile digestion. On estime surtout la bécasse; c'est un aliment excellent en automne; il faut cependant en manger peu. — L'habitude de l'apprêter sans en retirer l'intérieur, en fait un mets moins salubre, quoique plus agréable au goût.

Mouette. — Oiseau aquatique, très commun en Irlande. Sa chair a les mêmes qualités que celle de la macreuse; ses œufs sont excellents et gros comme ceux de la canne. Le blanc de ces œufs ne se durcit pas par la cuisson, et reste toujours comme une gelée.

Coq de bruyère. — La chair de cet oiseau est noire, sèche, un peu dure, de difficile digestion et échauffante. Cependant elle donne un mets substantiel, et recherché pour son goût excellent.

Outarde. — Oiseau dont la chair est ferme et difficile à digérer, mais de bon goût et assez nutritive. Elle a besoin d'être un peu mortifiée. — L'outarde se digère assez bien quand elle est très jeune. On la recherche surtout en automne. — Les cuisses sont les morceaux les plus estimés.

Paon. — Sa chair est ferme et difficile à digérer; on le sert sur nos tables plutôt par luxe que pour le goût.

Cygne. — La chair de cet oiseau est noire, ferme,

coriace, échauffante et de difficile digestion; mais les jeunes cygnes qui ont été bien nourris, sont tendres et assez digestibles.

Daim. — Quadrupède dont la chair est noire, échauffe et se digère difficilement; cependant, c'est un mets de bon goût, et qui conforte bien quand l'animal est jeune et bien nourri. La région des reins et le gigot sont les morceaux que l'on estime le plus.

Cerf. — Viande noire, sèche, échauffante, et de digestion difficile. Elle est trop coriace, et peu usitée comme aliment, quand l'animal a plus de quatre ans; mais le jeune cerf qui tète encore, est un manger assez estimé. — Les pousses nouvelles et tendres des bois du cerf sont un mets délicat.

Sanglier. — Viande noire, compacte, échauffante et difficile à digérer. Les personnes délicates et sédentaires doivent s'en abstenir; mais elle offre aux sujets forts et qui fatiguent beaucoup, un aliment des plus nutritifs. — La hure, ou tête du sanglier, est la partie la plus estimée. — Le marcassin, ou petit sanglier, est très recherché, quoique sa chair soit visqueuse et de difficile digestion.

Cochon. — On le choisit ni trop jeune ni trop vieux; il est excellent quand il a de huit mois à un an, qu'il est en bonne chair et moitié gras. On le préfère de quinze mois pour la bonne qualité du lard. La chair du cochon est rougeâtre, grasse, compacte, et toujours lourde. Elle nourrit et fortifie beaucoup, si on la digère bien; elle convient aux individus robustes, surtout lorsqu'ils se livrent à des exercices pénibles, mais ils n'en doivent manger qu'une petite quantité à la fois. Elle réussit mal aux personnes faibles, délicates ou sédentaires, aux vieillards. — Le lard est la partie la plus difficile à digérer. — La couenne, ou peau, lorsqu'elle a long-temps bouilli, est un manger assez délicat.

Le cochon salé ou fumé est âcre, et ne doit s'employer que comme assaisonnement. (*Voyez*, parmi les préparations alimentaires, Boudin, Saucisses, et autres préparations de la charcuterie).

La chair du cochon de lait est visqueuse et passe pour être plus lourde encore que celle du cochon fait.

Le cochon ladre est très malsain; sa chair est parsemée de glandes blanches ou roses.

CHÈVRE. — Viande ferme, coriace, et de digestion difficile. C'est un aliment fort médiocre, peu usité, et d'un goût désagréable. — Le chevreau de six mois est une viande estimée. (*Voyez* p. 125.)

DES POISSONS.

Le poisson est un aliment sain et agréable qui, comme nourrissant et fortifiant, tient le milieu entre es végétaux et les viandes.

Il se corrompt facilement; aussi faut-il se le procurer très frais; les grandes soles, et la raie surtout, sont peut-être les seuls poissons qui s'attendrissent et s'améliorent lorsqu'ils sont un peu gardés. On doit le choisir bien nourri, les ouïes rouges et la chair ferme. En général, il est plus agréable au goût et plus nutritif, quand il est parvenu à son développement complet; mais, alors, il est souvent moins digestible.

Le poisson perd de sa qualité au temps du frai; celui qui habite les eaux claires et vives, ou la partie supérieure des eaux limpides, est plus estimé que celui qui se tient au fond des eaux bourbeuses, ou dans les eaux stagnantes. On préfère le mâle à cause de sa laitance; la chair des femelles est plus délicate.

Il a été question des laitances parmi les substances

animales de facile digestion, p. 103, et des œufs de poisson parmi les substances animales de digestion difficile, p. 116.

On attribue au poisson la propriété d'exciter les organes sexuels ; on croit également qu'il cause des dartres et autres maladies de peau souvent obser- vées chez les individus qui en font leur principale nourriture ; mais il est probable que ces effets n'appar- tiennent qu'aux poissons peu frais, à ceux qui sont salés, fumés ou très assaisonnés, et, tout au plus, à quelques coquillages.

Les poissons salés ou fumés sont irritans et diffi- ciles à digérer ; ils ne doivent s'employer que comme assaisonnement.

L'usage du poisson trouvé mort dans l'eau peut donner lieu à des accidens funestes.

Je vais m'occuper : 1° des poissons faciles à digé- rer ; 2° de ceux qui se digèrent difficilement.

POISSONS FACILES A DIGÉRER.

(Indiqués en commençant par les plus digestibles.)

Leur chair est tendre, humide, friable, légère ; ils fournissent une nourriture très saine pour les per- sonnes faibles, délicates, les individus sédentaires, les vieillards, les convalescens, et, en général, pour tous les sujets qui ne digèrent pas facilement.

MERLAN. — Sa chair est adoucissante, de bon goût et très digestible. On le préfère en décembre et janvier; il est plus agréable rôti sur le gril que bouilli; il est excellent frit, quand on le prépare bien et qu'on n'a pas lieu de craindre l'inconvénient des fritures. Cuit sur le plat, avec un peu d'eau modérément assaisonnée, il offre un aliment précieux pour les convalescens.

EPERLAN. — Ce poisson est de saveur exquise, adoucit et se digère très aisément; il doit sentir la violette ou le concombre. On l'estime surtout au printemps et à la fin de l'été; il est très bon frit pour ceux qui ne peuvent redouter l'effet des fritures ; cuit à l'eau, c'est un mets fort salubre.

LIMANDE. — CARRELET. — PLIE. — Leur chair est molle, d'un goût excellent; elle nourrit, adoucit, se digère avec facilité. Ces poissons deviennent âcres, irritans et lourds, lorsqu'on les fait frire, parce qu'ils prennent beaucoup de friture; ils sont plus salubres, rôtis, ou cuits au lait, à l'étuvée ou au court-bouillon.

FLONDRE. — FLEZ. — FLÈTELET. — Poissons adoucissans, de digestion facile, mais de saveur moins agréable que les précédens. Ils sont, comme eux, moins salubres, lorsqu'on les prépare à la friture, parce qu'ils en absorbent une trop grande quantité.

BARBUE. — Poisson de mer, assez semblable au turbot, mais plus petit et sans aiguillons. Sa chair est molle, délicate et fort recherchée; elle nourrit, adoucit, se digère facilement. On recommande cependant d'en manger avec modération. — La barbue est préférable cuite au lait ou au court-bouillon; elle doit être moins assaisonnée que le Turbot, parce qu'elle se laisse mieux pénétrer par les assaisonnemens. — Ses œufs ne sont pas bons.

SOLE. — Sa chair est ferme, friable, tendre et d'un goût excellent; elle se digère assez bien, adoucit et nourrit. Les soles de neuf à dix pouces de long sont plus délicates et plus digestibles que les grandes, et peuvent se manger fraîches; les grandes ont besoin d'être un peu gardées pour s'attendrir. Les soles frites n'exposent pas, autant que les autres poissons plats, aux inconvéniens de la friture, parce qu'elles l'absorbent en moindre quantité.

HUITRES. — On les choisit très fraîches, d'une grosseur moyenne, tendres, humides, et de bon goût; elles se digèrent facilement; elles adoucissent lorsqu'on ne les mange qu'avec une faible quantité de l'eau salée qu'elles renferment. Cette eau, qui est leur assaisonnement naturel, est un excitant que des médecins ont conseillé avec succès dans certaines maladies. M. le docteur Mérat croit qu'elle ne le cède en rien, pour ses propriétés médicales, à des eaux minérales très accréditées.

Les huîtres les plus petites et de couleur verte passent pour les plus délicates. C'est surtout des pays d'Aunis, de Cancale, etc., que l'on retire les excellentes huîtres vertes de Marennes.

La cuisson durcit l'huître et la rend difficile à digérer. — L'huître qui n'est pas fraîche occasionne des vomissemens, des coliques, des diarrhées, etc. L'huître est moins bonne et moins saine dans les mois de mai, de juin, de juillet et d'août.

VIVE. — Poisson de mer des plus estimés. Sa chair est ferme, friable et tendre; elle adoucit, restaure et se digère bien. Elle est très saine rôtie sur le gril, et mangée avec une sauce blanche.

VANDAISE. — La chair de ce poisson est tendre, agréable, adoucissante et de facile digestion; elle convient aux estomacs délicats.

PERCHES. — CARPES. — Poissons d'eau douce; ils se trouvent principalement dans les étangs. On les préfère pêchés dans les eaux vives. Leur chair est trop molle quand ils sont petits, et trop coriace quand ils sont gros. Lorsqu'on les choisit de grosseur moyenne, elle se digère aisément; elle est adoucissante, de saveur un peu fade, mais nourrit assez bien.

La manière la plus saine de les préparer est de les rôtir sur le gril ou de les cuire au court-bouillon.

La laitance de carpe est un mets délicat qui convient aux convalescens.

Voyez *grosses Perches* et *grosses Carpes*, parmi les poissons difficiles à digérer, p. 143.

BORDELIÈRE. — C'est un des meilleurs poissons d'eau douce. On l'estime surtout lorsqu'il a vécu dans les rivières. Sa chair est adoucissante et facile à digérer.

OMBRE. — Ce poisson se trouve dans les lacs et les rivières ; il a l'odeur du thym, et ressemble assez à la truite. Sa chair est blanche, plus agréable, plus douce, moins ferme et plus digestible que celle de la truite. Il convient aux personnes délicates. Son ventre est la partie la plus estimée. — L'ombre du lac de Génève passe pour un manger exquis.

TRUITE. — La petite truite donne un aliment assez facile à digérer, un peu fortifiant et de bon goût. On la recherche surtout lorsqu'elle est saumonée. La grosse est moins digestible, mais plus savoureuse et fort estimée. — (Voyez *grosse Truite*, parmi les poissons difficiles à digérer, p. 143.)

TURBOTIN, *ou petit Turbot.* — La chair de ce poisson est adoucissante et se digère assez bien ; on peut

même la donner aux personnes faibles. Les gros tur-
bots ne sont pas aussi faciles à digérer. — (Voyez
Turbot, dans les poissons de digestion difficile.)

SAUMONEAU, *ou très petit Saumon*. — Il fortifie et
se digère assez facilement. La chair du gros saumon
est lourde. — (Voyez plus loin : *gros Saumon*.)

Observation.

Parmi les poissons difficiles à digérer, voyez *Lotte*,
Sardine, *Feinte*, *Mulet*, *Morue*, *Rouget*, *Raie*,
Tortue, *Grenouilles aquatiques*. — La chair de ces
animaux est quelquefois assez digestible, selon l'espèce, la qualité, etc.

POISSONS DIFFICILES A DIGÉRER.

(Indiqués en commençant par les plus digestibles.)

Leur chair est ferme, serrée, compacte ou grasse ;
elle est moins légère que celle des poissons précédens,
mais plus savoureuse, plus nourrissante, et convient
mieux en général aux personnes fortes. — Les sujets
faibles n'en doivent user qu'avec réserve.

GRENOUILLES *aquatiques*. — On les choisit bien
nourries, vertes, le corps marqué de petites taches
noires ; c'est pendant l'automne qu'elles sont les meilleures. On ne mange que leurs cuisses, ou train de

derrière. La chair en est sèche, gélatineuse, de digestion peu difficile; elle adoucit et rafraîchit; il faut en user modérément, à cause de sa viscocité. Elle fait des bouillons très adoucissans qui conviennent aux poitrines irritées, et pour modérer les chaleurs d'entrailles.

TORTUE.— Animal amphibie. Sa chair est blanche, et fournit une grande quantité de gélatine; elle adoucit et restaure; elle est peu difficile à digérer dans quelques espèces. Celle de la tortue grecque peut se donner aux convalescens. La tortue appelée tortue verte, parce que l'écaille en est plus verte que chez les autres espèces, a la chair aussi délicate que celle du meilleur veau. On fait, avec la chair de tortue, des bouillons employés aux mêmes usages que les bouillons de grenouilles. — Les œufs de tortue sont très bons. Voyez page 109.

FEINTE. — La chair de ce poisson est blanche, adoucissante et assez estimée.

LOTTE. — Poisson assez semblable à la lamproie; il se trouve dans l'Isère et dans la Saône; mais, surtout, dans les lacs de la Suisse. Sa chair est blanche, grasse, adoucissante et peu difficile à digérer. Ce poisson est d'un goût exquis. — Son foie est très recherché. — Ses œufs purgent violemment.

SARDINE *fraîche*. — Poisson délicat, adoucissant et de digestion peu difficile. On le préfère en mars et en avril. — Les sardines de la Garonne sont les plus recherchées. — Il sera question des sardines marinées, parmi les assaisonnemens.

MULET, *ou Cabot*. — Poisson de mer dont la chair est adoucissante, délicate et peu difficile à digérer. On le choisit charnu et le moins gras possible.

SURMULET, *ou Barbeau de mer*. — Il faut le choisir bien charnu, sans être trop gras. Sa chair est ferme, friable, d'un très bon goût, adoucit et nourrit bien; elle se digère un peu difficilement. Son foie est estimé. — Les préparations les plus saines pour manger ce poisson sont de le faire rôtir, ou de le faire cuire, soit au court-bouillon, soit à l'étuvée.

TURBOT. — On le préfère en février, mars, avril et mai; il faut le choisir blanc, épais, sans tache et le plus frais possible. Sa chair est ferme, grasse, friable, d'un goût excellent; elle est adoucissante, très nourrissante, un peu difficile à digérer. La manière la plus salubre de le préparer, est de le faire cuire au court-bouillon. Le ventre est la partie que l'on estime le plus. — Le turbotin, ou petit turbot, est plus digestible et plus délicat que le gros, et peut se donner aux personnes faibles.

Morue *fraîche*. — Sa chair est ferme, de bon
goût, adoucissante, de digestion un peu difficile. Son
foie est très estimé. — Les petites morues se digèrent
assez facilement, mais sont un peu fades.

La morue salée est bien moins digestible que la
morue fraîche.

Rouget. — Ce poisson a la chair blanche, sèche
et de saveur agréable; il est adoucissant, peu difficile à digérer, et nourrit bien. On l'estime surtout
en hiver; il est très sain, rôti sur le gril.

Raie. — Quand elle est fraîche et tendre, sa chair
est de bon goût, nourrit, adoucit, et se digère assez
bien; elle est fort saine cuite dans de l'eau, et ensuite
apprêtée avec une sauce blanche. Son foie est recherché. La raie est souvent coriace, et a besoin d'être
un peu mortifiée; alors, elle n'est plus aussi salubre.

Truites. — Les grosses sont un peu difficiles à
digérer, mais fortifiantes, et d'un excellent goût, en
été principalement. Le ventre en est le meilleur morceau. On recherche beaucoup les truites saumo-
nées. Les petites truites sont plus digestibles que les
grosses.

Carpe. — Perche. — Grosses et grasses, elles fortifient, mais se digèrent difficilement; on estime

leurs œufs. — Les carpes sont fort bonnes en février, mars et avril; les grosses sont très recherchés,
à cause de leur excellent goût. La tête et ce qui avoisine le dos, sont les meilleurs morceaux. La perche
et la carpe de grosseur moyenne font partie des *poissons faciles à digérer.* — Voyez p. 138.

BAR. — Poisson de mer dont la chair est blanche,
grasse, adoucissante et très estimée, mais de digestion un peu difficile. Elle a peu d'arètes. On la préfère à celle du brochet. Elle se cuit et se prépare
comme ce poisson.

HARENG *frais.* — Sa chair est grasse, un peu difficile à digérer, mais de bon goût, nutritive et assez
fortifiante. Sa laitance est adoucissante et assez digestible. — Le hareng salé et le hareng saur ou en-
fumé, sont des assaisonnemens échauffans et coriaces.

GOUJON. — La chair de ce poisson est grasse,
agréable au goût, mais un peu difficile à digérer ;
elle nourrit et fortifie.

BROCHET. — Sa chair est blanche, ferme, de digestion un peu difficile, et offre un aliment fortifiant.
Les meilleures parties sont le ventre, la tête et le
dos. Ses œufs occasionnent souvent des diarrhées,
des vomissemens, etc. — On donne la préférence au

brochet des eaux vives. — Le petit brochet est plus digestible que le gros.

BARBILLON *des rivières*. — Sa chair est un peu grasse, difficile à digérer et d'un goût médiocre. Cependant elle est nourrissante et assez fortifiante. Ses œufs purgent violemment. Les parties les plus estimées de ce poisson sont le foie et la tête. Les gros barbillons ont plus de saveur que les petits, mais sont moins digestibles.

BRÊME. — Sa chair est molle, grasse, de médiocre qualité et se digère difficilement. Ses œufs sont très indigestes.

TANCHE. — Poisson dont la chair est grasse, difficile à digérer et de peu de saveur, mais nourrissante et assez fortifiante. La tanche, pêchée dans les eaux vives et claires, est meilleure que celle des étangs et des eaux marécageuses.

ALOSE. — Au printemps, la chair de ce poisson est grasse, excellente et fort recherchée; elle nourrit, fortifie, mais se digère difficilement. L'alose qui n'est pas fraîche, a toujours une âcreté qui se fait sentir aux gencives et aux dents.

MAQUEREAU. — Sa chair est compacte, de bon goût et de digestion difficile; il nourrit beaucoup et fortifie. La manière la plus saine de le préparer est de le rôtir sur le gril. — Les gros maquereaux sont plus succulens que les petits, mais moins digestibles. — Le maquereau salé est plutôt un assaisonnement qu'un aliment.

MOULES. — Lorsqu'on les mange crues, elles sont un peu âcres, assez digestibles ; elles perdent leur âcreté par la cuisson, mais se durcissent et deviennent difficiles à digérer. Les moules cuites, séparées de leur eau de mer, sont adoucissantes.

On prétend que, dans les temps les plus chauds de l'année, les moules occasionnent des rougeurs à la peau, des vomissemens, des suffocations, etc. On ne connaît pas encore la cause de ces accidens. Proviendraient-ils du peu de soin avec lequel les pêcheurs conservent ces molusques au fond des navires, où on les laisse quelquefois séjourner sur des doublures en cuivre ? En général, ils sont attribués aux crâbes que les moules renferment souvent. Mais voici ce qu'on lit, à ce sujet, dans le *Dictionnaire abrégé des Sciences médicales*, t. IX, p. 298. « Les petits crustacés qui se trouvent souvent dans les moules, plus particulièrement en hiver, et que l'on appelle improprement crâbes, sont fort innocens des maux qu'on leur attribue, et ne doivent inspirer aucune inquiétude. »

Les meilleurs moyens de remédier aux accidens

occasionnés par les moules, sont d'exciter le vomissement de préférence avec de l'eau tiède, puis d'employer les boissons douces et acidulées, et les bains.

Il faut s'abstenir des moules lorsqu'elles ont une mauvaise odeur.

CREVETTES. — SALICOQUES. — ECREVISSES. — LANGOUSTES. — HOMARDS. — TOURTEAUX. — La chair de ces crustacés est ferme, savoureuse et très recherchée, mais elle échauffe et se digère difficilement; quelques personnes ne peuvent en manger sans éprouver des coliques, des efflorescences à la peau, etc. Ces poissons s'altèrent avec facilité, et, lorsqu'ils manquent de fraîcheur, ils sont fort insalubres.

LOCHE. — Petit poisson de rivière dont la chair est grasse et de digestion difficile; elle est cependant d'un goût agréable, nourrit bien et fortifie; elle se prépare comme l'éperlan.

LAMPROIE. — Poisson qui ressemble assez à l'anguille. Sa chair est grasse, et, quoique difficile à digérer, est estimée pour son goût excellent. Elle nourrit et fortifie. On la préfère au printemps.

ANGUILLE. — Poisson dont la chair est très grasse, de digestion pénible, et cause quelquefois des rapports nidoreux. Cependant, elle est agréable, nutritive et fortifiante. On doit préférer les anguilles prises dans les eaux courantes; on dit que celles qui se nourrissent dans la boue peuvent devenir vénéneuses.

SAUMON. — Sa chair est rougeâtre, excellente, très recherchée; elle nourrit et fortifie beaucoup, mais rassasie et se digère difficilement. Le printemps est la saison où elle a le plus de qualité. Le morceau le plus estimé est la hure ou tête; ensuite vient le ventre, quoiqu'il soit le moins digestible, à cause de sa graisse. — Les très petits saumons se digèrent avec facilité. — Le saumon salé est beaucoup moins recherché que le saumon frais.

ESTURGEON. — Poisson de mer, dont la chair est grasse et de difficile digestion. Cependant, on l'estime pour son bon goût. Elle nourrit et fortifie. Le dos de ce poisson est sa partie la plus savoureuse; sa laitance est recherchée. On fait, avec ses œufs et du sel, du poivre et des ognons, un mets connu sous le nom de *Caviar*. Ce mets, dont quelques peuples font leur délice, est échauffant et de digestion difficile. — L'esturgeon salé et celui que l'on fait sécher, sont moins digestibles encore que l'esturgeon frais.

THON. — Grand poisson de mer très estimé. Sa chair a la saveur de celle du veau; elle est grasse, ferme, compacte, et de digestion difficile; mais suc-

culente, de fort bon goût, nourrissante et fortifiante.
C'est en septembre qu'elle a le plus de qualité. On dit
qu'elle n'est pas bonne pendant les jours caniculaires.
La tête, la poitrine et le ventre sont les morceaux
les plus recherchés ; la partie inférieure du ventre est
la plus savoureuse, celle dont le goût est le plus délicat, mais aussi la plus difficile à digérer, parce qu'elle
est composée d'une grande quantité de graisse. —
Lorsque la chair du thon est marinée, elle offre un
assaisonnement très agréable ; quelques personnes la
croient plus digestible que quand elle est fraîche.

DES ASSAISONNEMENS.

Les assaisonnemens sont utiles pour faciliter la digestion ; mais il faut savoir régler leur emploi, parce qu'ils se composent de substances dont l'usage mal ordonné, est une cause très ordinaire de maladie. Les substances grasses, comme le beurre, l'huile, peuvent occasionner des fièvres gastriques. L'abus des substances acides attire des altérations graves de la poitrine et des intestins. L'habitude des mets très salés, très sucrés, de ceux dont le goût est très relevé, échauffe, irrite les organes digestifs, en épuise les forces, dispose aux inflammations, développe, à la longue, une sorte d'acrimonie générale, qui rend les maladies plus fréquentes, plus opiniâtres et plus dangereuses.

Il est un certain nombre d'assaisonnemens dont on ne devrait user qu'avec beaucoup de réserve, et dont les personnes faibles feraient bien de s'abstenir.

Les assaisonnemens formeront, ici, deux sections ; la première comprendra les plus salubres.

ASSAISONNEMENS LES PLUS SALUBRES.

Lorsqu'on en use avec modération, ils ne changent pas notablement la nature des alimens, et les rendent plus agréables au goût et plus digestibles ; ils conviennent le mieux, en général, à la santé de tous les individus, et sont à peu près les seuls dont peuvent user les personnes faibles.

LAIT. — Il s'allie parfaitement avec les farineux, les légumes, les œufs ; certains poissons ont plus de saveur lorsqu'ils ont cuit dans le lait ; il rend les végétaux plus doux, plus nutritifs. On l'emploie avec avantage dans le thé, le café ; il diminue l'activité de ces boissons, en modifiant agréablement leur goût. Il a l'inconvénient de se décomposer lorsqu'on le mêle avec des acides, et même lorsqu'on le fait bouillir avec du pain dans lequel il entre du levain ordinaire, et non de la levure de bière.

Le lait a été considéré comme aliment, page 103.

CRÈME. — Il faut la choisir fraîche, blanche, douce et agréable au goût ; elle est adoucissante et nourrissante, se digère assez bien quand on n'en ajoute aux alimens qu'une petite quantité. Elle est cependant moins digestible que le beurre, et produit quelquefois des chaleurs brûlantes à l'estomac, surtout lorsqu'on la mêle avec des fruits ou des liqueurs

spiritueuses. Les personnes faibles doivent s'assurer
si elle leur réussit. Le sel, le sucre, le café, sont
les substances qui en facilitent le mieux la digestion.

La *créme fouettée* est celle que l'on fait élever en
mousse en la fouettant avec un balai d'osier. On y
fait entrer du sucre et quelquefois de la gomme adra-
gante ou du blanc d'œuf, et l'on aromatise avec l'eau
de fleurs d'oranger, la vanille, etc. On sert cette
crême dans des meringues ou des compotes. Elle se
digère facilement.

BEURRE. — Il nourrit et adoucit, se digère assez
bien quand on en use modérément. C'est un assaisonnement utile pour les viandes, les poissons et
surtout les légumes. Il n'a pas l'inconvénient d'engendrer la bile, comme on l'en accuse parmi le peuple; néanmoins, le beurre, ainsi que tous les corps
gras, doit être employé avec plus de réserve par
les personnes sujettes aux affections bilieuses.

Pour que les alimens dans lesquels on fait entrer
le beurre soient aussi salubres que possible, il faut
les faire cuire à feu doux, ou, si on les prépare à
feu vif, ajouter un peu d'eau dans le vase qui les
contient; car, si l'on n'adopte ni l'une ni l'autre de ces
précautions, le beurre éprouve une trop forte chaleur, devient roux, acquiert de l'âcreté, et les mets
peuvent alors occasionner des chaleurs brûlantes à
l'estomac, des rapports, etc., inconvéniens qui

résultent souvent de l'usage des roux et des fritures.

On choisit le beurre le plus frais possible et de saveur douce et agréable. Le meilleur se fait en mai et en septembre.

Le beurre blanc étant généralement moins recherché que le jaune, on le colore souvent avec les fleurs de souci, le safran, la carotte ou l'alkekenge, substances qui sont incapables de nuire; mais quelquefois on se sert des fleurs de renoncules, ou du suc de chélidoine, et le beurre coloré de cette manière peut occasionner des accidens.

Lorsque le beurre est exposé à l'air, ou qu'il vieillit, il devient rance et irritant, à cause du sérum et de la matière caséeuse dont on ne parvient jamais à le débarrasser complètement par les lavages. On le purifie cependant avec facilité en le faisant fondre.

Le *beurre fondu* est plus pur que le beurre frais, et se conserve très longtemps; mais, en faisant fondre le beurre, il faut prendre garde de le soumettre à l'action d'une chaleur vive, comme cela se pratique ordinairement, car il pourrait contracter une saveur âcre, tandis que, si on ne le chauffe qu'au dégré nécessaire pour en opérer la fusion, il ne s'altère point et reste aussi bon qu'auparavant; néanmoins, il n'a plus un goût aussi agréable, ce qui empêche qu'on ne l'emploie à d'autres usages qu'à ceux de la cuisine; il y est préféré pour certaines préparations, comme les omelettes, les fritures, etc.

Le *beurre salé* se conserve de même fort long-temps sans perdre de sa qualité.

Il importe de ne pas ignorer que le beurre est une des substances qui exigent le plus de surveillance dans l'emploi de vases de cuivre, de plomb, etc. — (Voyez plus loin : *Vases de cuisine.*)

HUILE. — Bien choisie et employée avec réserve, c'est un assaisonnement doux, des plus faciles à digérer. Elle acquiert des propriétés irritantes lors-qu'on la fait chauffer à feu trop vif; ce motif doit engager les sujets délicats à se méfier aussi des fritures à l'huile, quoiqu'elles soient regardées par quelques personnes comme étant les plus salubres.

La meilleure huile est l'huile d'olive; la bonne huile d'olive conserve un peu de sa partie colorante verte, se congèle au moindre froid (à 6, 7, 8 degrés au-dessus de zéro, thermomètre centigrade), et n'a point d'odeur, ou n'en a qu'une agréable.

L'huile de noix est moins douce et moins agréable que l'huile d'olive.

L'huile d'œillette ou de pavot, et celle de chénevis, qui sont souvent substituées à l'huile d'olive, sont moins saines et plus difficiles à digérer que cette dernière.

En vieillissant, l'huile rancit et devient irritante.

Il est essentiel de savoir, pour l'emploi des vases de cuisine, que l'huile, mise en contact avec le cuivre, le plomb, etc., forme facilement des sels vénéneux. — (Voyez *Vases de cuisine*.)

GRAISSE. — Elle est moins facile à digérer, moins agréable que le beurre et l'huile. Les chaleurs brûlantes à l'estomac, et autres accidens que causent souvent les roux et les fritures, se manifestent d'une manière encore plus incommode, lorsqu'on s'est servi de la graisse pour ces préparations; néanmoins, lorsqu'on ne la fait pas roussir, elle offre un assaisonnement doux, qui se digère assez bien, quand on en use modérément.

Les graisses de volaille sont faciles à digérer, adoucissantes et très estimées.

Les mets dans lesquels il entre beaucoup de graisse occasionnent des rapports nidoreux.

Les graisses, ainsi que le beurre et l'huile, attaquent facilement le cuivre et le plomb, etc., et, lorsqu'on ne prend pas les précautions nécessaires pendant la préparation des mets, elles forment, avec ces métaux, des poisons fort actifs. — (Voyez *Vases de cuisine*.)

JAUNE D'OEUF. — C'est un bon correctif des alimens maigres; dans les bouillons, les potages, il supplée aux viandes. Si on l'ajoute aux légumes, aux poissons, il les rend plus nutritifs, plus fortifians;

il s'emploie aussi avec avantage pour assaisonner les viandes. Il forme la base des crêmes, et des liaisons nécessaires à la préparation d'une foule de mets.

Sucre. — Il nourrit, se digère bien, change peu les propriétés des alimens, toutes les fois qu'on ne l'ajoute qu'en petite quantité; mais si on l'emploie à grande dose, il échauffe et passe pour causer la constipation; il gâte les dents, lorsqu'on ne se nétoie pas la bouche après en avoir mangé. On l'estime surtout comme un correctif agréable des substances douces, mucilagineuses, acides ou amères.

Le *caramel*, ou sucre brûlé, est très échauffant.

La *cassonade* sucre moins que le sucre raffiné; elle donne plus d'écume, se digère moins facilement.

La *mélasse* est la liqueur épaisse qui s'écoule des moules dans lesquels on laisse le sucre s'égoutter. Cette liqueur est âcre, se digère mal.

Miel. — Il nourrit et fortifie; employé sans être dépuré, il se digère difficilement, donne des vents, des coliques et lâche un peu le ventre. Le miel dépuré, c'est-à-dire bouilli dans de l'eau et bien écumé, est plus digestible; il nourrit mieux et ne relâche pas, lorsqu'on n'en mange qu'une quantité modérée.

Les meilleurs miels sont les miels blancs du Gâtinais et de Narbonne. On les choisit très blancs, épais, grenus, nouveaux, transparens, d'une odeur un peu aromatique et d'un goût agréable.

Le miel des abeilles qui butinent sur des plantes vénéneuses, peut donner lieu à des accidents graves. Tourtelle dit que les fleurs du laurier rose à fleurs jaunes deviennent des poisons dans les printemps humides, ce qui rend pernicieux le miel que les abeilles en expriment. (*Hygiène.*)

SEL. — Il corrige la saveur des mets, et facilite la digestion. C'est un assaisonnement légèrement excitant et très utile lorsqu'on en use avec réserve ; mais, lorsqu'on en abuse, il échauffe beaucoup et peut donner lieu à une foule de maladies. Tomasi a remarqué qu'on le faisait entrer environ pour un centième dans la plupart des alimens.

Le sel gris a une saveur amère qui se fait fortement sentir et fait croire, assez généralement, qu'il sale plus que le blanc ; mais le sel blanc doit donner aux mets une saveur franche et salée plus prononcée, puisqu'il ne diffère du sel gris que parce que celui-ci renferme des matières étrangères qui occupent la place d'une quantité semblable de sel pur.

VINAIGRE. — VERJUS. — LIMONS. — GROSEILLES à maquereau. — OSEILLE, *et autres assaisonne-mens acides.* — Si l'on emploie ces substances de manière à ne donner aux alimens qu'une très légère

acidité, elles les rendent plus agréables et plus digestibles, et n'en changent pas sensiblement les
propriétés; elles s'allient avec avantage aux huiles,
aux graisses, aux substances fades; mais les acides,
même à petite dose, occasionnent à quelques individus des douleurs dans la poitrine, l'estomac et
le ventre. On doit donc, pour s'en servir, consulter l'expérience; leur abus serait très nuisible;
aussi les personnes qui font usage du vinaigre pour
diminuer leur embonpoint s'exposent-elles à perdre,
pour toujours, leur fraîcheur et leur santé, et même
à s'attirer des maladies mortelles.

La propriété que possèdent les mets acidulés de
former, avec le cuivre, le plomb, etc., des sels très
vénéneux, expose journellement à des dangers contre
lesquels il faut se mettre en garde. — (Voyez *Vases
de cuisine.* — Voyez encore *Oseille*, p. 72.)

TOMATES. — Fruits d'un goût aigrelet fort agréable. On les dit assez salubres, lorsqu'on ne les
emploie que comme assaisonnement. — Il a été
question de ces fruits, page 99.

PERSIL.— CERFEUIL.— SARRIETTE. — ESTRAGON.
— FLEURS DE CAPUCINE. — MARJOLAINE. — THYM.
— SERPOLET. — SAUGE. — ROMARIN. — PANAIS.
— CÉLERI. — LAURIER-SAUCE, etc. — Assaisonne-
mens aromatiques qui échauffent lorsqu'on en met

beaucoup dans les alimens ; mais, lorsqu'ils n'y entrent qu'en très petite quantité, ils en augmentent la saveur, ne les dénaturent pas, et ne sont à craindre que pour des personnes très délicates.

LAURIER AMANDÉ, ou *Laurier cerise*. — Ses feuilles sont en usage pour donner une saveur agréable d'amandes aux crêmes des cuisiniers et aux soupes au lait. Cet assaisonnement ne doit être employé qu'avec une grande circonspection ; autrement il expose aux accidens de l'empoisonnement ; il n'en faut pas mettre plus d'une seule feuille par pinte de lait, et les personnes faibles doivent en éviter le fréquent usage.

POIREAU. — OGNON. — Substances âcres, mais qui perdent une grande partie de leur âcreté lorsqu'on les fait cuire sans qu'elles roussissent ; alors, employées à petite dose, elles conviennent pour relever la saveur des bouillons et autres alimens. Néanmoins, les personnes délicates doivent en user avec réserve ; c'est une recommandation nécessaire surtout pour l'usage de l'ognon.

ASSAISONNEMENS MOINS SALUBRES QUE CEUX DE LA SECTION PRÉCÉDENTE.

Ils sont échauffans, âcres ou indigestes. Il n'en faut pas une grande quantité pour dénaturer les

alimens et leur donner des propriétés malfaisantes.
Ces assaisonnemens peuvent faire naître des maladies fort dangereuses, même lorsqu'ils paraissent
parfaitement réussir. Les sujets délicats ne doivent
en user qu'avec une extrême circonspection.

CANELLE. — VANILLE. — SAFRAN. — MUSCADE.
—MOUTARDE.—GINGEMBRE.—POIVRE. — PIMENT.
— CLOU DE GIROFLE. — Ces substances sont très
échauffantes, et il arrive souvent, lorsqu'on en consomme beaucoup, qu'elles attirent, dans la santé, des
altérations graves qui se manifestent tôt ou tard.

« Le poivre, si riche en principes âcres, chauds
et aromatiques, est regardé, par beaucoup de gens,
comme un rafraîchissant. C'est encore un de ces
préjugés populaires qu'il faut poursuivre avec l'arme
du ridicule; c'est comme si le feu, loin de brûler,
rafraîchissait nos membres. » — J. Girardin, *Chim.
élém.*, t. 2, p. 373.

CIBOULE. — CIVETTE. —ROCAMBOLLE. —ÉCHA-
LOTTES. — OGNON. — AIL. — CRESSON *Alénois.* —
COCHLÉARIA. — RAIFORT. — Assaisonnemens âcres,
irritans, qui échauffent beaucoup, et se digèrent
mal, lorsqu'on les mange crus; aussi ne peuvent-ils
s'employer, en cet état, que par les personnes fortement constituées, et qui se livrent à des travaux
pénibles; mais si l'on fait cuire ces substances sans

les faire roussir dans un corps gras, elles perdent une grande partie de leur âcreté, deviennent plus digestibles, et conviennent assez généralement lorsqu'on en use avec mesure, tandis que, si l'on opère leur cuisson en les faisant roussir dans le beurre, les graisses ou l'huile, il se développe alors un empyreume très âcre et très irritant, qui nuit essentiellement à leur salubrité.

TRUFFES. — CHAMPIGNONS. — MORILLES. — Ces substances fournissent des assaisonnemens très savoureux et fort recherchés ; elles échauffent et se digèrent avec peine. (Voyez page 81.)

Substances confites au vinaigre, comme : GRAINES DE CAPUCINE. — CORNICHONS. — CAPRES. — CRISTEMARINE. — ESTRAGON , etc. — En séjournant dans le vinaigre salé et poivré, elles ont acquis les propriétés de ce liquide, sont devenues plus fermes, plus coriaces et moins digestibles. On doit alors les regarder comme des assaisonnemens échauffans et indigestes. — Il ne faut pas ignorer surtout que, pour leur donner une belle couleur verte, on emploie souvent des matières métalliques, qui les rendent d'un usage dangereux.

Substances marinées, comme : OLIVES. — SARDINES. — HUITRES. — THON. — ANCHOIS. — BEURRE

D'ANCHOIS, etc. — Le sel qui les pénètre leur communique ses propriétés, et les rend plus dures et
moins digestibles. Il faut les placer parmi les assaisonnemens qui échauffent et se digèrent difficilement.

VIANDE, POISSON, *salés ou fumés*. — Ces substances sont devenues à la fois irritantes et dures
par le sel ou la fumée. On ne doit les ajouter aux
alimens que dans une faible proportion; leur usage
fréquent, et en certaine quantité, occasionnent des
dartres, des affections scorbutiques, etc.

DES PRÉPARATIONS ALIMENTAIRES.

Dans ce chapitre, je m'occuperai d'abord des vases de cuisine et des matières colorantes employées pour quelques alimens.

Vases de cuisine.

Les vases de cuisine peuvent, selon diverses circonstances, être cause d'empoisonnemens ou de maladies de langueur Le choix de ces vases mérite donc la plus grande attention. Il faut rechercher, autant que possible, ceux qui ne peuvent altérer les alimens. De ce nombre sont les vases en fer, en grès, en porcelaine, en verre, en faïence et autres terres vernissées.

La porcelaine se fait avec de l'argile blanche; on la recouvre d'un enduit ou vernis terreux. Elle offre toutes les garanties de salubrité.

Les vernis blancs des autres poteries sont les plus sûrs, parce qu'ils ont pour base l'oxide d'étain, qui n'a rien de dangereux.

On donne le conseil de remplacer, autant qu'on le pourra, les vases de métal par les poteries vernies; cependant, on a eu des inquiétudes sur l'usage des *poteries communes*, car l'oxide de plomb est l'ingrédient principal de leur vernis, quelle que soit sa couleur, et cet oxide est un poison facilement attaqué par les acides, et même par les graisses; mais des expériences ont prouvé qu'il n'y a rien à craindre de ces poteries lorsqu'elles ont été bien fabriquées, parce qu'alors le vernis et la masse du vase se trouvent combinés intimement, et le verre de plomb a acquis une telle dureté, qu'il résiste long-temps aux forces mécaniques et même aux agens chimiques.

Les meilleures poteries sont celles qui sont bien cuites, et dont le vernis est parfaitement vitrifié; elles donnent le son le plus clair, lorsqu'on les frappe avec un corps dur, et leur vernis ne se laisse pas rayer avec la pointe d'un bon couteau. Plus l'émail est cuit et dur, moins il est attaquable par les acides, les huiles et les graisses.

Le vernis des poteries de mauvaise qualité n'étant pas suffisamment adhérent à la masse argileuse, s'en exfolie aisément, et, lorsqu'on emploie ces vases aux usages de la cuisine, ils s'écaillent par l'action du feu, et contractent facilement un goût détestable qui ne peut s'enlever en les nétoyant, et se communique à ce qu'on y fait cuire. En outre, des auteurs pensent que ce vernis se fond peu à peu dans

les graisses et les acides, et déprave assez les alimens pour que l'usage des vases puisse à la longue
devenir nuisible aux individus faibles.

Toute poterie neuve ne doit servir aux usages de
la cuisine, qu'après avoir trempé quelque temps dans
l'eau chaude, et avoir été bien nétoyée.

Les vases d'*argent*, d'*étain*, de *fer-blanc*, de *cuivre*,
de *plomb*, peuvent former des sels très vénéneux. Le
beurre, l'huile, les graisses, l'eau salée et les acides,
sont les substances qui exposent le plus aux accidens graves qui peuvent résulter de l'emploi de ces
vases; mais les vases en cuivre ou en plomb sont
ceux qui forment des poisons avec le plus de facilité.

La vaisselle en argent contient du cuivre, et celle
en étain du plomb; quoi qu'il en soit, si l'argent est
au premier titre, et que l'étain ne renferme que la
quantité de plomb consentie par la loi, l'usage de
ces vaisselles ne présente aucun inconvénient, toutes
fois qu'on a l'attention de les tenir très propres et
que les mets n'y séjournent pas, surtout, d'un jour
à l'autre; mais la vaisselle en argent est souvent au
deuxième titre, et, dans ce cas, contient du cuivre en
proportion suffisante pour altérer assez promptement les alimens qu'on y laisse séjourner. L'étain
oblige aussi à plus de précautions, lorsqu'il renferme
une certaine quantité de plomb.

Le fer-blanc, ou fer étamé, est sans danger; son
étamage est plus sain que l'étamage ordinaire; il cou-

vient cependant d'éviter que les mets ne séjournent dans les vases de ce métal.

On fabrique actuellement, en France, des vases qui imitent assez bien l'argent; mais, comme ils sont composés d'une forte proportion de cuivre, ils exigent de grands soins de propreté et beaucoup d'attention, parce qu'ils pourraient communiquer des propriétés vénéneuses aux liquides acides et aux substances grasses qu'on y laisserait séjourner.

Le cuivre est, de tous les métaux, celui dont on doit le plus se méfier, vu qu'il forme avec une extrême facilité le vert-de-gris, un des poisons les plus dangereux. Voici comment Baumé s'exprime au sujet des ustensiles de cuivre : « Un auteur a cherché à rassurer sur l'emploi des vases de cuivre, en disant que tout le danger de ce métal vient du séjour de la liqueur dans les vases, et qu'il n'y a rien à craindre quand cette liqueur est en ébullition ; mais le temps qu'il faut pour préparer la liqueur, la négligence ou l'inattention de ceux qui la préparent, ne rendent-ils pas ce séjour continuellement à craindre? Peut-on, d'ailleurs, ignorer que les acides et toutes les substances grasses ont, avant qu'elles soient en ébullition, une action très vive sur le cuivre? » (*Traité de Pharmacie*, p. 8.)

J'ajouterai à ce passage que l'ébullition ne préserve pas complètement des dangers du cuivre lorsqu'on la prolonge fort long-temps; qu'elle n'en préserve en aucune manière, lorsque le vase ne contient que de l'eau salée. C'est une observation à laquelle il faut avoir égard dans les cuisines où l'on fait de l'eau de sel pour servir à la préparation des mets. Cependant, lorsque l'eau salée bouillante se trouve mêlée avec une certaine quantité de lard, de viande ou de poisson, on ne doit point redouter son contact avec le cuivre.

Le sang est encore regardé comme ayant beaucoup d'action sur le cuivre, si on le fait chauffer dans un vase de ce métal, ou qu'on l'y conserve même très peu de temps.

M. Girardin, professeur de chimie à Rouen, m'a donné, relativement aux ustensiles de cuivre non étamé, les renseignemens qui suivent :

L'analyse démontre l'existence du vert-de-gris en certaine proportion dans tous les mets qui ont été préparés dans des vases de cuivre. Cette proportion, qui peut n'avoir aucun mauvais effet sur un grand nombre d'individus, peut en avoir sur quelques-uns, en raison de certaines dispositions individuelles.

On doit être d'une rigueur extraordinaire sur la propreté des ustensiles de cuivre, et lorsqu'on est obligé de les employer non étamés ou mal étamés; il faut, pour que le vert-de-gris ne s'y forme pas notablement, que la chaleur des mets soit portée le plus vite possible à l'ébullition, que celle-ci ne soit pas de très longue durée, et que les mets soient transvasés encore bouillans.

Dès que l'ébullition cesse, le vert-de-gris se forme avec assez de facilité pour que l'on doive s'opposer fortement au séjour des alimens dans ces sortes de vases, ne dût-il pas dépasser un quart d'heure.

Alors même qu'il n'y aurait aucun danger à laisser séjourner, pendant quelque temps, les mets dans des vases de cuivre, la prudence veut que l'on défende cette pratique, attendu que bien des faits ont démontré qu'il peut, dans certaines circonstances, en résulter de graves inconvéniens.

Lorsqu'on fait des confitures ou marmelades dans une chaudière de cuivre non étamée, il faut, pendant la cuisson des fruits, mettre du fer décapé dans la chaudière. C'est une précaution nécessaire, surtout lorsque la préparation doit être très prolongée. Le fer, dans ce cas, précipite tout le cuivre que la liqueur acide a dissous avant et pendant l'ébullition; le cuivre s'attache au fer, et s'isole complètement des confitures; celles-ci, alors, ne renferment plus de sel vénéneux. Il suffit, pour dix livres de confitures, d'employer une lame de fer de cinq à six pouces de long, sur un demi-pouce de large, ou quelques clefs présentant à peu près la même surface.

L'eau froide ou chaude ne séjourne pas impunément dans un vase de cuivre; elle y contracte une saveur métallique; sous son influence, l'air oxide le métal, et il se dissout un peu de vert-de-gris.

Le cuivre jaune est peut-être moins insalubre que

le cuivre rouge; mais ni l'un ni l'autre ne devraient être employés pour les ustensiles de cuisine.

On peut se servir du cuivre en toute sécurité, lorsqu'il est bien étamé; mais, lorsque l'*étamage* est mal fait ou qu'il est usé en partie, il se trouve un assez grand nombre d'interstices où peut se former le poison, et il serait alors très imprudent de laisser refroidir les alimens.

Les mets refroidis dans des vases de cuivre étamé sont toujours suspects, parce qu'il est souvent difficile de s'assurer si le cuivre est parfaitement étamé.

« Il faut avoir l'attention, dit M. le professeur Girardin, de renouveler, au moins tous les mois, l'étamage du cuivre, lorsque les vases sont d'un usage habituel; car, le récurage, le frottement des cuillers, les sauces acides, en enlèvent journellement de petites portions, et mettent bientôt le cuivre à nu. » (*Elém. de Chim.*, t. 1., p. 660.)

On doit recommander de ne point placer à demeure des robinets de cuivre aux pièces de vin ou de cidre, parce qu'ils y introduisent du vert-de-gris.

Matières colorantes employées pour quelques alimens.

On colorie certains alimens pour donner bonne opinion de leur qualité, et pour les rendre plus agréables à l'œil. Parmi les différentes substances employées dans ce but, il y en a qui ne présentent

aucun inconvénient; de ce nombre sont : les éta-
mines de lis, le safran, le souci et les carottes,
pour colorier en *jaune;* la cochenille pour le *rouge;*
les épinards, la poirée et le blé vert pour la couleur
verte; les fleurs de carottes sauvages et les baies de
surcau pour obtenir le *pourpre;* le tournesol pour
le *violet;* etc., etc.

D'après un arrêté relatif à la salubrité publique,
affiché en 1840, voici les substances dont on peut
se servir pour colorier les liqueurs, bonbons, dragées, pastillages et toute espèce de pâtisserie ou
sucrerie.

Couleurs bleues. — L'indigo, le bleu de Prusse
ou de Berlin.

Couleurs rouges. — La cochenille, le carmin, la
laque carminée, la laque du Brésil.

Couleurs jaunes. — Le safran, la graine d'Avi-
gnon, la graine de Perse, le quercitron, le curcuma,
le fustel, les laques alumineuses de ces substances.

Couleur verte. — On peut produire cette couleur avec le mélange du bleu et des diverses couleurs jaunes; mais l'un des plus beaux est celui que
l'on obtient avec le bleu de Prusse ou de Berlin, et
la graine de Perse: il ne le cède en rien, pour le
brillant, au vert de Schweinfurt, qui est un violent
poison.

Couleur violette. — Le bois d'Inde, le bleu de
Berlin.

Par des mélanges convenables, on obtient toutes les teintes désirables.

Couleur pensée. — Le carmin, le bleu de Prusse ou de Berlin.

Ce mélange donne des teintes très brillantes.

D'après le même arrêté, voici les substances qu'il est défendu d'employer pour colorier les bonbons, pastillages, dragées et liqueurs :

1° Parmi les substances végétales, la gomme gutte, l'aconit napel et l'orseille.

2° Toutes les substances minérales (le bleu de Prusse excepté), et particulièrement :

Les oxides de cuivre, les cendres bleues ;

Les oxides de plomb (le massicot, le minium), le sulfate de mercure (le vermillon) ;

Le jaune de chrôme, connu en chimie sous le nom de chromate de plomb, et qui est formé de deux substances vénéneuses (l'oxide de plomb et l'acide chromique) ;

Le vert de Schweinfurt ou le vert de Schèele, poison violent qui contient du cuivre et de l'arsenic ;

Le blanc de plomb, connu sous le nom de céruse, ou de blanc d'argent ;

Le blanc de zinc, qui est vénéneux.

Quoique toutes ces substances puissent occasionner des accidens plus ou moins graves, elles étaient cependant fort en usage il y a peu d'années, et le sont peut-être encore dans les villes où la surveillance n'est point assez active à cet égard.

D'autres substances sont employées pour colorier certains aliments, et leur communiquent aussi des propriétés dangereuses.

Par exemple, on se sert de l'alun pour obtenir du pain plus blanc et pour aviver la couleur du vin, de l'acétate de plomb ou sucre de saturne pour clarifier les sirops, les liqueurs, les eaux-de-vie et pour donner une teinte plus vive aux légumes, surtout aux haricots en gousse; du suc de chélidoine, des fleurs de renoncules, pour rendre le beurre plus jaune; du cuivre, pour colorier en vert quelques liqueurs alcooliques ou les prunes à l'eau-de-vie, et pour donner une couleur plus verte aux cornichons, aux câpres, etc., que l'on confit dans le vinaigre.

Je vais donner, maintenant, les renseignemens les plus indispensables pour faire un choix parmi les préparations alimentaires.

Ces préparations sont nombreuses, et procurent des mets qui diffèrent essentiellement sous le rapport de la salubrité; il faut savoir lesquelles présentent le plus d'avantage sous ce rapport; car, des alimens fort salubres peuvent devenir nuisibles, parce qu'on n'adopte pas une préparation convenable.

Dans le chapitre qui précède, se trouvent des notions sur les changemens divers que les alimens peuvent éprouver par le mélange des assaisonnemens; elles aideront à distinguer le degré de salubrité des préparations.

J'indiquerai ici les préparations les plus usitées, et ce que chacune d'elles offre de plus utile à connaître dans l'intérêt de la santé; elles formeront deux sections : la première renfermera les plus salubres.

Préparations les plus salubres.

Au moyen de ces préparations, les alimens peuvent devenir plus agréables et plus faciles à digérer, sans changer de nature; elles conviennent le mieux à la santé de tous les individus, et doivent être principalement recherchées pour les sujets faibles.

J'examinerai, sous le rapport de leur salubrité ,

1º Celles qui sont particulières aux végétaux ou farineux, légumes et fruits;

2º Celles qui concernent les substances animales, ou viandes, poissons, œufs et lait;

3º Quelques sauces très usitées.

Bouillies. — Potages. — Préparations les plus favorables à la digestibilité des farineux, excepté la farine de froment, qui se digère mieux lorsqu'on en fait du pain. Elles doivent être peu épaisses et bien cuites. — Si l'on emploie les farineux en poudre, il est utile qu'ils aient été bien délayés, pour qu'il ne se trouve pas de petits grumeaux, qui cuiraient mal et seraient indigestes. On reconnaît que la cuisson de ces farineux est complète, quand le mélange s'est gonflé plusieurs fois par l'ébullition, qu'il a cessé de s'épaissir et qu'il n'a plus le goût de farine crue. Lorsque le salep, l'arrow-root, la fécule de pomme de terre, ont été bien préparés, ils forment une espèce de gelée ou crême très légère. — Si l'on fait usage des farineux en grain, comme le riz, le sagou, le gruau, etc., on reconnaît également que leur cuisson est parfaite quand ils sont très ramollis, qu'ils cessent de se gonfler, et qu'étant écrasés entre les doigts, ils n'y font sentir aucune parcelle encore dure.

Lorsqu'on fait la bouillie avec des fécules, il arrive parfois, qu'après s'être épaissie, elle perd de sa consistance, devient claire et moins agréable au goût; on évitera cet inconvénient en ayant l'attention de n'ajouter, pendant ou après la cuisson, ni lait froid, ni sel, ni sucre, ni aromates. Ces substances doivent être mises dans le lait avant la fécule elle-même, et, si la bouillie est devenue trop épaisse, il ne faut l'éclaircir qu'avec du lait bouillant.

On trouvera, à l'article de chacun des farineux les plus faciles à digérer, d'autres renseignemens relatifs à leur préparation.

Soupe, *ou Potage avec le pain*. — Cette préparation facilite la digestion du pain; elle est très
salubre lorsqu'on n'y fait pas roussir la graisse ou
le beurre, et que ces corps gras, le sucre, le sel,
ou autres assaisonnemens, n'y dominent pas trop.
Le professeur Hufeland la recommande aux femmes,
aux gens d'étude, aux vieillards, aux tempéramens
secs; il la regarde comme un bon remède contre les
maux de nerfs, les douleurs de tête ou d'estomac,
les coliques; mais on ne pourrait, sans inconvénient,
contracter l'habitude de la manger très chaude.

Soupe trempée, Soupe bouillie ou mitonnée. —
Toutes les fois que le bouillon dont on se sert pour
la soupe a déjà assez de force et de consistance, il
en acquerrait trop si on le faisait bouillir avec le pain,
et la soupe serait moins digestible que si le pain n'é-
tait que trempé; mais, lorsque le bouillon est
trop léger, comme celui de quelques soupes aux
herbes, l'ébullition donne au mélange plus de goût et
de qualité.

Pain. — Il faut le choisir rassis d'un jour, léger,
poreux, bien levé et suffisamment cuit. La farine de
froment procure le pain le meilleur, le plus blanc,
le plus digestible, le plus fortifiant, celui qui convient le mieux à toutes les constitutions. (*Voyez*
Farine *de froment*, page 62. — Pour le pain que
l'on fait avec les autres farines, *voyez* les articles:

Seigle, Orge, Avoine, Sarazin, Blé *de Turquie*, Millet, etc.)

Différence du pain, par rapport au levain. — Pour faire le pain, on se sert du levain de bière ou du levain ordinaire. Le premier est plus excitant que le second, et rend le pain moins adoucissant, mais plus digestible. La mie de pain au levain de bière ne conviendrait pas pour composer des cataplasmes émolliens.

Pain salé. — Le sel, dans le pain, en diminue la propriété adoucissante. On peut se passer de sel pour faire le pain de froment, mais il est indispensable pour le pain de seigle.

Lait, beurre, dans le pain. — Le lait mêlé à la pâte donne un pain plus blanc, mais moins facile à digérer; le pain dans lequel on a fait entrer le beurre est encore moins digestible.

Mie du pain, croûte du pain. — La mie adoucit; la croûte échauffe, et doit, en général, servir d'assaisonnement à la mie; le mélange de l'une et de l'autre forme un aliment fortifiant. La croûte de dessous, et celle qui n'est pas assez cuite, sont les parties du pain les moins faciles à digérer.

Pain tendre, pain chaud. — Le pain tendre ou trop nouvellement cuit est lourd; le pain chaud est encore plus lourd, et pourrait même, si on en mangeait une grande quantité, donner lieu à des indigestions mortelles.

Pain rôti. — Il est échauffant, il gonfle dans l'estomac et se digère mal quand on le mange sec; mais si on le fait tremper dans un liquide quelconque, il enfle beaucoup et se digère bien.

Pain de gruau, Pain de roi. — Ce sont les plus faciles à digérer et les plus adoucissans; on les fait avec la fine fleur de farine, que l'on extrait des gruaux de froment.

Pain mollet ou régence, etc. — Pour faire le pain mollet, on choisit une farine de froment plus belle que la farine ordinaire, et cependant moins belle que la fine fleur, et l'on emploie la levure de bière et le sel; il faut aussi un travail particulier. Ce pain est plus digestible que le pain blanc ordinaire, mais il l'est moins que celui de fine fleur; il est également moins adoucissant que ces deux espèces, puisqu'il contient du sel et de la levure. Celle-ci est cause qu'il se dessèche promptement, et devient gris, amer et peu agréable dès le troisième ou le quatrième jour.

Crème de pain. — C'est un aliment fort léger et recherché pour les convalescens et les personnes très délicates. On la prépare en faisant cuire, comme pour une panade, de la mie de pain très blanc; et, lorsqu'elle est bien fondue par la décoction, on passe au tamis; puis on sucre et on aromatise avec l'eau de fleurs d'oranger.

Pain altéré et moisi. — Il peut occasionner des maladies, et même une sorte d'empoisonnement.

12

Pain falsifié. — Pour favoriser l'élévation de la pâte et la cuisson du pain, ou pour le rendre plus blanc et lui donner du poids, quand le blé est cher, quelques boulangers se servent du sous-carbonate de potasse, de l'alun, de la craie, du plâtre, de la céruse, du blanc de fard, et autres substances très nuisibles à la santé. Ces diverses fraudes se reconnaissent facilement à l'aide de procédés chimiques.

PATISSERIES *légères*. — On les fait avec la fine fleur de farine, les œufs, le sucre et des aromates. Les principales sont : le biscuit, l'échaudé, et quelques pâtisseries croquantes. — Lorsque le *biscuit* a beaucoup de mie, il est spongieux et embarrasse quelquefois l'estomac, tandis que, s'il n'en a qu'une quantité modérée, il se digère bien et fortifie. — Le *gâteau de Savoie*, espèce de biscuit, est de digestion assez facile, lorsqu'on le fait avec la fécule de pomme de terre. — L'*échaudé* renferme souvent des portions de pâte endurcie, qui nuisent à sa qualité ; mais, lorsque sa préparation a bien réussi, il est facile à digérer. — Quant aux *pâtisseries croquantes*, elles sont assez digestibles lorsqu'elles ne contiennent pas d'amandes. On compte parmi elles les patiences, les oublies, etc. Ces pâtisseries pourraient échauffer, si on en mangeait beaucoup.

Il sera parlé plus loin des pâtisseries moins salubres que celles-ci.

Préparations les plus salubres pour faire usage
des fruits.

Fruits *cuits*. — La cuisson favorise la digestibilité des fruits ; l'addition d'un peu de sucre les rend
aussi plus faciles à digérer et en même temps plus nutritifs. On admet avec raison, comme préparations
salubres, les *marmelades*, les *gelées*, les *compotes*,
lorsque le sucre et les aromates n'y entrent pas en
trop grande quantité. On doit rechercher, pour les
personnes faibles, les gelées de pommes, de groseilles, les compotes de Bon-Chrétien, de Martin-
Sec, de Messire-Jean, de pommes de pigeon, de
pommes de reinette, les marmelades d'abricots, de
pêches, et d'autres fruits faciles à digérer.

Le *raisiné*, que l'on fait avec le jus de raisin et
les poires de Messire-Jean, est une confiture excellente et cordiale. — Comme la cuisson de cette
confiture se fait dans un vase de cuivre et qu'elle
est long-temps à s'opérer, il se forme toujours un peu
de vert-de-gris. — (Voyez, page 168, quelles sont
les précautions à prendre pour obvier à ce grave inconvénient.)

Préparations les plus salubres pour l'usage
des légumes.

Légumes *cuits*. — Presque tous les légumes ont
besoin d'être attendris par la cuisson ; on les apprête

ensuite avec le beurre et quelques autres assaisonnemens, au nombre desquels le lait, le jaune d'œuf,
se placent avec avantage ; on les mange encore à l'huile
ou à la sauce blanche ; ils s'allient très bien avec les
viandes, et par ce mélange deviennent beaucoup plus
nutritifs.

Les légumes préparés en purée sont toujours plus
digestibles, parce qu'ils ont été divisés à l'infini et
qu'on a enlevé ce qu'ils avaient de ferme, de coriace
et de grossier.

Pour cuire les légumes, il faut avoir égard à la
qualité et à la température de l'eau dont on se sert.
L'eau est bonne, en général, quand elle dissout bien
le savon ; elle doit être bouillante lorsqu'on y plonge
les légumes verts ou nouveaux, tandis que les légumes
secs ne s'attendrissent et ne cuisent bien que si on
les met à l'eau froide ou à l'eau tiède, et que l'on
chauffe ensuite lentement jusqu'à l'ébullition.

Une petite quantité de sel marin ajoutée à l'eau
dans laquelle cuisent les légumes verts, les rend plus
tendres et plus savoureux.

BOUILLONS *maigres*. — On en prépare avec un
mélange d'oseille, de laitue, de poirée, de chicorée
blanche et d'un peu de cerfeuil ; on fait cuire ce mélange après y avoir ajouté du beurre, du sel et de
l'eau en quantité suffisante. Ce bouillon est facile
à digérer et rafraîchit ; il forme, avec le pain, le riz

et autres farineux, des potages salubres, qui deviennent plus agréables et plus nourrissans, lorsqu'on y ajoute du jaune d'œuf, du lait ou un peu de crême.

Un grand nombre de légumes moins légers que ceux dont je viens de parler, sont usités également pour faire des bouillons. Ainsi, on emploie les carottes, les navets et autres racines, les lentilles, les pois, les fèves, les pommes de terre, la citrouille, le potiron, etc., etc. Les bouillons qu'on obtient avec ces légumes nourrissent plus que le précédent, mais ils sont moins digestibles, et cependant agréables et salubres.

Préparations les plus salubres pour faire usage des viandes.

BOUILLONS *gras.* — Ils sont très digestibles lorsqu'ils ont été bien préparés. Ils se font avec différentes espèces de viandes, notamment le bœuf, le mouton, la poule. La viande fraîchement tuée est toujours préférable pour ces préparations. On la fait cuire à feu doux, dans environ trois fois son poids d'eau; on ajoute des légumes et un peu de sel. Les *consommés* ou bouillons pour lesquels on emploie moitié moins d'eau, sont plus substantiels, mais moins faciles à digérer.

Pour préparer les bouillons, on ne doit point se servir d'eau de puits, car elle renferme toujours plus ou moins de sels calcaires; les viandes et les légumes cuits dans des eaux de cette nature sont plus durs, moins sapides et procurent des bouillons moins odorans et moins savoureux.

« M. Chevreul a reconnu qu'il n'est pas indifférent de mettre la viande dans l'eau froide et d'amener lentement cette dernière à l'ébullition, ou de plonger immédiatement les viandes dans l'eau bouillante. Dans le premier cas, on obtient un bouillon aussi sapide que possible, parce que tous les principes de la chair se dissolvent successivement dans le liquide. Dans le second, au contraire, le bouillon est plus faible et inférieur, sous tous les rapports, parce que l'albumine et la matière colorante du sang se trouvent immédiatement coagulées dans l'intérieur de la viande, par la température élevée du liquide; elles forment, alors, une sorte d'enveloppe compacte, qui met obstacle à la libre sortie des sucs de la viande. » (Girardin, *Chimie élém.*, t. 2, p. 400.)

Lorsque le bouillon contient une certaine quantité de graisse, il est de digestion difficile.

GELÉES *animales.* — GELÉES *de viandes.* — On fait des gelées adoucissantes et nutritives avec le poulet, les pattes de volaille, le jarret de veau, les pieds de veau, de mouton, de cochon, la chair de veau, l'ichtyocolle ou colle de poisson, la corne de cerf râpée. Ces deux dernières substances, et surtout l'ichtyocolle, donnent les gelées les plus douces et les plus légères. La gelée de corne de cerf sert à former le *blanc-manger*, aliment doux assez digestible et d'un goût agréable.

Lorsque ces différentes gelées sont molles, tremblantes et un peu assaisonnées, elles se digèrent bien. Trop consistantes ou trop fades, elles sont de difficile digestion.

Quant aux gelées composées avec le veau et le bœuf, le mouton ou la vieille volaille, Zimmermann les regarde comme des alimens lourds, et recommande de ne pas en prescrire l'usage aux individus qui ont l'estomac faible, et surtout à ceux qui sont épuisés. « C'est une erreur populaire, dit Boerhaave, de croire que les gelées et les consommés sont des confortatifs d'autant plus puissans qu'ils sont sans aucun mélange; car il est certain que ces substances ne seraient que plus convenables à un estomac faible, si l'on y joignait dix parties d'eau. » (Zimmermann, *Traité de l'Expér.*, t. 3, p. 49.)

Les gelées animales s'altèrent promptement; on doit les placer dans un lieu frais. En été, on peut rarement les conserver plus de quarante-huit heures.

VIANDES *mortifiées.* — On mortifie les viandes en les gardant quelque temps avant de les faire cuire. Les viandes fraîchement tuées donnent les meilleurs bouillons; mais elles restent toujours un peu coriaces.

Les viandes des jeunes animaux sont celles qui s'attendrissent le plus promptement; il ne faut que de vingt-quatre à quarante-huit heures, en été, et de trois à quatre jours en hiver pour mortifier le veau, l'agneau, le pigeonneau, le perdreau, le poulet, le canneton, tandis que l'on a besoin de deux à trois jours, en été, et de quatre à six jours, en hiver, pour les viandes faites, comme le bœuf, le mouton, le porc, le lièvre, le dinde, l'oie, le canard, la perdrix, la chapon, la vieille poule.

Quand le temps est doux, à la pluie ou à l'orage, les viandes se mortifient et s'altèrent beaucoup plutôt.

Les viandes trop gardées ont perdu de leur qualité, même avant d'avoir acquis une odeur désagréable.

Les viandes mortifiées à un certain degré, dites *viandes faisandées*, sont malsaines en général. Quelques gibiers ont cependant besoin de ce degré de mortification pour être facilement digestibles; mais, alors, ils ne doivent pas être compris parmi les alimens les plus salubres.

Viandes *bouillies ou cuites à petit feu dans une quantité d'eau plus ou moins grande.* — Elles sont plus tendres que les viandes rôties, mais l'eau s'étant emparée d'une partie de leurs sucs, elles ont moins de saveur, et leur propriété stimulante est moins

développée. Aussi, Hallé fait-il remarquer qu'on or-
donne les viandes bouillies, surtout lorsqu'on veut
obtenir l'effet adoucissant, et que l'on craint d'exciter trop de ton et de chaleur. (Art. ALIMENT, du
Dict. des Sc. méd.)

Les volailles bouillies sont fort légères et très convenables pour les convalescens. — La fricassée au
blanc, faite avec le poulet ou le veau, est adoucissante et de digestion facile. — Le bouilli d'un bœuf
jeune et en bonne chair, donne une nourriture suc-
culente, très fortifiante et des plus saines.

Les viandes trop bouillies ont perdu leurs sucs et
se digèrent mal. — Les viandes qu'on laisse bouillir
à feu trop vif deviennent dures.

ETUVÉE. — DAUBE. — MODE. — Pour ces préparations, on met la viande avec une petite quantité d'eau
ou de bouillon dans un vase que l'on ferme avec soin,
puis on fait cuire à petit feu. La viande, alors, se trouve
fortement pénétrée d'une vapeur chaude qui l'atten-
drit beaucoup et la cuit parfaitement sans l'épuiser ni
la dessécher. Cette viande est plus nourrissante que
les viandes bouillies, et plus tendre que le rôti; les personnes délicates ne doivent en craindre l'usage que
lorsqu'elle est froide, trop grasse ou très assaisonnée.

RÔTI. — C'est au moyen de cette préparation que
les viandes sont le plus savoureuses et qu'elles déve-

loppent le plus de chaleur animale. Les viandes rôties conservent la plus grande partie de leurs sucs; sont très nutritives, et beaucoup d'individus s'en accommodent mieux que des viandes bouillies ou des viandes cuites à l'étuvée. Ces dernières sont cependant presque toujours plus digestibles.

Le rôti est, en général, la préparation la plus salubre pour les viandes des animaux très jeunes.

Les rôtis de canard, de mouton, de bœuf et autres viandes noires ou très colorées, sont plus substantiels et plus aisés à digérer, lorsqu'ils n'ont été que modérément cuits, et que leur cuisson s'est opérée à feu vif; mais, pour que les rôtis de viandes blanches, comme le poulet, le veau, etc., soient tendres et de digestion facile, il faut plus de cuisson, et qu'elle se fasse lentement.

La partie rissolée du rôti est très savoureuse, mais échauffante.

(Voyez plus loin, dans la deuxième section des Préparations, d'autres manières d'apprêter les viandes.)

Préparations les plus salubres pour faire usage du poisson.

POISSONS *cuits à l'étuvée.* — POISSONS *bouillis.* — Ils sont fort salubres toutes les fois que le beurre et les assaisonnemens relevés n'y dominent pas trop. Parmi les préparations de ce genre, il faut distinguer, comme très convenables aux convalescens et aux sujets faibles, les poissons dits à la guilboise, à la bonne eau, sur le plat.

Les liquides dans lesquels on fait cuire le poisson influent sur sa qualité alimentaire.

Le *poisson cuit à l'eau* est regardé comme le plus sain pour les personnes très délicates; le merlan, et autres poissons légers que l'on apprête ainsi, donnent un aliment des plus faciles à digérer.

Le *poisson cuit au lait* conserve mieux sa saveur, devient plus doux, plus substantiel. La barbue, la sole, le carrelet, préparés de cette manière, offrent des mets excellens et qui se digèrent bien.

Le *poisson cuit au vin* ou *au court-bouillon*, est plus savoureux, plus fortifiant, et convient lorsqu'on ne craint pas d'exciter le ton et la chaleur des organes. Ces deux préparations sont préférées, surtout pour cuire les poissons dont la chair est grasse, comme l'anguille, l'alose, etc.

Poisson *grillé* ou *rôti.* — Il est nourrissant et plus tonique que cuit à l'eau ou au lait; il réussit à beaucoup d'individus; souvent on y ajoute, soit une sauce blanche, soit une sauce à l'huile, et il est alors plus agréable sans être moins digestible.

Dans les préparations moins salubres, on trouvera d'autres manières d'apprêter les poissons. — (Voyez plus loin, *Roux*, *Friture.*)

Préparations les plus salubres pour faire usage des œufs.

A celles qui ont été indiquées à l'article *OEufs*, page 108, j'ajouterai les œufs à la neige, les crêmes des cuisiniers, les œufs au lait. Ce sont des mets légers ; cependant, comme ils se mangent froids, ils embarrassent quelquefois l'estomac.

Substances salubres que l'on obtient avec le lait.

La CRÊME et le BEURRE, qui font partie de ces substances, ont été rangés parmi les assaisonnemens, page 151 et 152.

LAIT DE BEURRE. — Espèce de petit-lait qui ressemble beaucoup au lait écrèmé ; et, comme ce dernier, humecte et rafraîchit. Il réussit assez souvent aux personnes chez lesquelles le lait ordinaire se digère mal. On en fait des soupes assez agréables et saines.

MATTES *ou* CAILLÉ. — Cette substance est blanche, molle, légère, tremblante comme une gelée, et pleine d'humidité ; elle offre un aliment de très facile digestion et rafraîchissant, que l'on rend encore plus facile à digérer par l'addition d'un peu de sel ou de sucre.

FROMAGE *blanc*, nommé aussi *fromage de Caillé, fromage à la Pie.* — C'est le caillé égoutté. On l'ap-

pelle encore fromage mou, quand il est nouveau ;
en cet état, il se digère bien et rafraîchit. On en fait
un aliment plus agréable lorsqu'on y ajoute de la
crême fraîche ; il forme alors le fromage à la crême,
qui est plus recherché et plus nourrissant, mais, en
général, de digestion moins facile.

FROMAGES *doux*. — Ils renferment beaucoup de
crême, n'ont pas fermenté et ne sont que modérément
salés ; ils nourrissent et adoucissent, ils se digèrent
assez bien quand ils sont nouveaux et qu'on en mange
peu. On pourrait citer comme exemple de ce genre
de fromage, les bondes fraîches au lait ou à la crême,
lesquelles se font à Neufchâtel ; elles n'ont aucune
des qualités malfaisantes de la plupart des fromages.
— (Voyez d'autres espèces de *Fromages*, parmi les
préparations moins salubres.)

Sauces des plus salubres.

SAUCE *à l'huile*. — Elle se compose d'huile, d'un
peu de vinaigre et de sel, et convient à l'assaisonnement de quelques viandes et de la plupart des légumes
et des poissons ; elle se digère facilement lorsqu'on
en use avec réserve ; elle est assez adoucissante, si
elle ne contient qu'une quantité modérée de sel et
de vinaigre.

SAUCE *blanche*. — On la prépare avec un peu de
fécule de pomme de terre ou de fine fleur de farine,

que l'on fait cuire dans du lait ou de l'eau; on y ajoute du beurre, du sel, quelquefois un peu de muscade, de plus, de la crême ou du jaune d'œuf, et souvent un filet de vinaigre. Si le beurre et la crême sont employés avec mesure, et que les épices ne dominent pas, cette sauce est passablement adoucissante, et se digère assez bien quand on en mange peu. On l'emploie avec avantage pour assaisonner un grand nombre de légumes et de poissons.

(Voyez d'autres sauces, parmi les préparations moins salubres.)

Préparations alimentaires moins salubres, en général, que celles de la section précédente.

Dans ces préparations, on cherche souvent à flatter le goût, par l'assaisonnement, la manière de cuire, la fermentation, la torréfaction, le degré de température, enfin par différens moyens qui dénaturent, plus ou moins, les substances alimentaires; on obtient alors des mets plus ou moins difficiles à digérer, ou échauffans et même irritans. Voici en quels termes s'exprime le professeur Hufeland, à l'occasion d'une cuisine trop raffinée: « Je suis obligé d'accuser cette amie de notre palais, comme l'ennemie capitale de notre vie, et une des inventions qui contribuent le plus à abréger nos jours.

« Son plus grand art consiste à donner à tout un goût piquant et relevé. D'après cela, la moitié des alimens est composée de substances échauffantes, et au lieu d'atteindre le but qu'on se propose en mangeant, qui est de nourrir et de réparer, on augmente encore davantage, par le moyen des stimulans, la consomption intérieure, et l'on obtient, par conséquent, un résultat tout contraire. Après un repas de la sorte, on a presque toujours une espèce de fièvre artificielle, et l'on pourrait dire avec raison de celui qui est dans ce cas-là : *consumendo consumitur.*

« Un autre triomphe de la nouvelle cuisine est d'offrir les alimens sous la forme la plus concentrée ; tels sont les consommés, les jus, les coulis. On est parvenu à faire entrer, à force de cuisson, dans une petite soupe ou gelée, la quintescence de plusieurs livres de bœuf, de plusieurs volailles et os à moëlle. On croit avoir fait un chef-d'œuvre lorsque, pour épargner aux dents la peine de mâcher, et à l'estomac celle de digérer, on fait passer tout d'un coup dans le sang cette essence d'alimens ; on croit se rétablir plus promptement, et l'on ne fait qu'accélérer sa destruction. » (*Art de prolonger la vie*, p. 177.)

Je m'attacherai à indiquer ici ce qui peut être nuisible dans chacune des préparations que renferme cette section. J'examinerai : 1° celles qui sont particulières au végétaux ; 2° celles qui concernent les substances animales ; 3° les fritures, les roux,

quelques sauces très usitées, et les aliments préparés à la glace.

*Préparations qui ont rapport aux végétaux, et sont
moins salubres que celles indiquées page 173.*

CHOCOLAT. — Pâte alimentaire composée de l'a-
mande de cacao, plus ou moins torréfiée, de sucre et
de diverses substances aromatiques.

Le degré de torréfaction du cacao, et les aromates, influent beaucoup sur la digestibilité et les
propriétés du chocolat.

Le cacao modérément torréfié, et le sucre, seuls,
forment un chocolat assez flatteur au goût, et plus
adoucissant que les autres espèces, mais qui rassasie,
se digère difficilement, et fatigue l'estomac. — Si le
chocolat diffère de cette espèce, parce qu'on y fait
entrer une petite quantité d'aromates, comme la canelle, la vanille, il est plus cordial, plus agréable
et plus aisé à digérer, sans être pour cela très digestible. — S'il diffère encore parce qu'indépendamment
des substances aromatiques, on emploie du cacao
torréfié un peu fortement, c'est-à-dire grillé jusqu'au
brun noirâtre, ce chocolat est plus coloré, plus amer,
et de digestion facile, mais il a l'inconvénient d'é-
chauffer ; il a même celui d'être âcre et irritant, si le
fabricant s'est servi de cacao altéré, et pour cela,
torréfié plus fortement.

On voit, par ce qui précède, que le chocolat est un aliment échauffant ou difficile à digérer. Il nourrit beaucoup et fortifie; mais contracter l'habitude d'en prendre tous les jours serait nuisible en général; et, dans le plus grand nombre de cas où il convient, on ne doit l'employer que pendant quelque temps, ou de loin en loin. Il est plus salubre cuit à l'eau que préparé avec du lait.

Il faut choisir le chocolat assez pesant, dur, sec, d'une pâte fine, et d'une excellente odeur de cacao, qu'il fonde dans la bouche, sans laisser de résidu, et en faisant naître la sensation d'une espèce de fraîcheur; on dit qu'il perd de sa qualité quand il a plus d'une année de fabrication, et que, trop ancien, il est insalubre. — Après avoir été cuit, le bon chocolat n'acquiert qu'une faible consistance par le refroidissement, et ne se prend jamais en gelée.

On falsifie le chocolat en se servant de mauvais cacao, ou de celui dont on a préalablement retiré une partie du beurre; en remplaçant le cacao par des amandes douces, le beurre de cacao par de l'huile ou des graisses, le sucre par de la cassonnade, les aromates par du storax commun; en y ajoutant, pour augmenter son poids, des fécules, de la pâte d'amandes, des farines de pois, de lentilles, de riz, etc. Toutes ces fraudes sont assez faciles à reconnaître.

Café *au lait.* — Le café facilite la digestion du

13

lait, et le lait fait perdre au café une partie de son activité. Cependant le café au lait est encore assez excitant et assez échauffant, pour que les personnes sensibles, nerveuses, irritables, aient lieu d'en craindre le fréquent usage; il peut occasionner des palpitations, des tremblemens, des mouvemens fébriles, des difficultés de respirer, etc.

L'habitude du café au lait ne peut convenir qu'aux individus passablement forts, qui sont en bonne santé, et qui n'usent de cet aliment qu'avec certaine mesure.

Le café à l'eau sera compris parmi les boissons.

Substances *végétales torréfiées* ou *roussies*. — L'orge, le seigle, le froment, les racines de chicorée, de betterave, et autres substances que l'on torréfie pour remplacer le café, acquièrent, il est vrai, par cette opération, des propriétés échauffantes, mais qui sont beaucoup moins prononcées que dans le café.

Les carottes, les navets, les ognons, que l'on fait roussir pour l'usage de la cuisine, sont aussi plus échauffants que dans l'état naturel, et ne doivent être employés qu'avec circonspection.

Soupe *à l'ognon roussi avec le beurre* ou *les graisses*. — Dans cette préparation, l'ognon et les substances grasses, roussis ensemble, sont devenus âcres et irritans pour certains estomacs.

PAIN *sans levain*, ou *Pain azyme*. — Il est lourd, compacte, et moins agréable au goût que le pain ordinaire.

BISCUIT *de mer*. — « C'est un pain levé à demi, et presque totalement converti en croûte. Celui de bonne qualité est bien cuit sans être brûlé, d'un grain fin et serré, d'une cassure nette et brillante, et sans aucun vide dans son intérieur : il se gonfle dans l'eau sans s'émietter. C'est un aliment nourrissant, mais difficile à digérer. » (*Dict. abrégé de Sc. méd.* t. 3, p. 2.)

PATISSERIES *difficiles à digérer*. — PATISSERIES *échauffantes*. — La pâtisserie échauffe lorsqu'elle renferme beaucoup d'aromates, ou qu'elle a été séchée, endurcie, rissolée, par l'action du feu.

Elle se digère difficilement lorsqu'il y entre du lait, du beurre, de la crême, des amandes, ou qu'on y emploie de la pâte qui n'a pas levé; cependant, quoiqu'on ne fasse pas lever les pâtes feuilletées, on en obtient des gâteaux assez faciles à digérer lorsqu'ils sont bien faits; mais il faut en manger peu, à cause du beurre ou de l'huile qui s'y trouve ordinairement en quantité assez grande.

Les croûtes de *Tourtes* à la volaille, aux poissons, aux fruits, à la frangipane, sont de digestion pénible, principalement dans les portions pénétrées de beaucoup de graisse.

Les *Pâtes* aux amandes, aux fromages, sont indigestes ; la Pâte au riz se digère mieux : elle est cependant de digestion un peu difficile.

La *Brioche* est composée d'œufs, de beurre et de farine, dont on fait une pâte, que l'on cuit peu. Elle se digère assez difficilement, surtout quand elle est encore chaude, ou qu'elle est trop ancienne.

Le *Pain d'épice* est un mélange de farine de seigle avec du miel et de l'eau, auquel on a ajouté des aromates. Il est assez difficile à digérer. Le pain d'épice commun est souvent indigeste et échauffant.

Les *Gauffres* sont des pâtisseries de digestion peu facile ; elles sont encore moins digestibles, lorsqu'on y fait entrer du fromage ou des amandes.

Le *Chemineau* est une espèce de pain que d'ordinaire l'on mange chaud et avec une certaine quantité de beurre. Pour cela seul, il est difficile à digérer, mais il est de digestion beaucoup plus difficile encore, si, comme il arrive souvent, il n'a pas été bien travaillé et convenablement cuit.

Le *Mirliton*, ou petit gâteau feuilleté, garni de frangipane, se digère assez difficilement.

Les *Macarons* se composent de sucre, d'amandes, de farine et de blancs d'œufs. Ils sont échauffans et difficiles à digérer.

Les *Meringues* se font avec des œufs, du sucre et des aromates. On les remplit de crême fouettée. C'est une friandise très digestible, mais échauffante.

La *Frangipane*, ou lait cuit et concentré, auquel on ajoute du sucre, des amandes pilées et de l'eau de fleurs d'oranger, est un mets nourrissant et lourd.

DRAGÉES. — Les compositions connues sous ce nom, renferment du sucre, des essences et des aromates, qui les rendent échauffantes. Elles sont, en outre, de difficile digestion, lorsqu'elles contiennent des amandes. Il faut peu manger de ces sucreries.

Les *Pastilles* sont l'espèce de dragées qui échauffe le plus, parce qu'on y fait entrer beaucoup d'essences.

Les *Pralines* s'obtiennent en faisant rissoler les amandes dans le sucre; elles sont à la fois indigestes et très échauffantes.

Dragées coloriées. — Pour colorier les bonbons, dragées, pastillages, sucreries, pâtisseries et liqueurs, on employait fréquemment, il y a peu d'années, des substances minérales très vénéneuses, par exemple : des préparations de plomb, de cuivre, d'arsenic, etc., et cette imprudence a donné lieu à des accidens graves. Malgré les mesures adoptées aujourd'hui par la police, on fait peut-être encore usage de ces substances, surtout dans les pays où il n'y a pas de surveillance sous ce rapport.

Comme les *papiers* lissés, blancs ou coloriés,

sont souvent préparés avec des substances minérales très dangereuses, ils ne doivent pas servir à envelopper les bonbons, sucreries, les fruits confits ou candis, qui pourraient, en s'humectant, s'attacher au papier, et donner lieu à des accidens, si on les portait à la bouche.

Le papier colorié avec des laques végétales peut être employé sans inconvénient.

FRUITS SECS. — Les raisins, les jujubes, les dattes, les figues et autres fruits que l'on conserve après les avoir séchés, sont moins digestibles que dans leur fraîcheur, et toujours un peu fermes et compactes.

FRUITS CONFITS *au sucre*, *ou Confitures sèches*. — Dans ces préparations, le sucre pénètre entièrement les fruits, les rend plus faciles à digérer, et leur communique ses propriétés; mais ces fruits sont souvent fermes, compactes et, par ce motif, de digestion un peu difficile. Ce n'est toujours qu'en petite quantité qu'on doit en faire usage. Ils sont préférables nouvellement préparés, et plus salubres, alors, que les dragées et autres bonbons.

FRUITS CONFITS *à l'eau-de-vie ou au vinaigre*. — On fait confire dans l'eau-de-vie des pêches, des abricots, des prunes, des cerises, etc. Ces fruits se durcissent et deviennent difficiles à digérer; en outre, ils acquièrent les propriétés du liquide dans lequel

ils séjournent. Il en est de même à l'égard des cornichons et des câpres, que l'on confit au vinaigre,
et des olives que l'on fait mariner.

« Il y a plusieurs de nos préparations alimentaires,
dit M. le professeur Girardin, qui renferment presque toujours de l'acétate de cuivre, et qui, par cela
même, produisent des accidens très graves, dont la
véritable cause reste le plus souvent ignorée : tels
sont les cornichons et les câpres confits dans le vinaigre, les prunes à l'eau-de-vie, la liqueur d'absinthe, dont la belle couleur provient presque toujours des vases de cuivre dans lesquels on les prépare. Parfois aussi on les colore à dessein, en
y faisant séjourner des sous, ou en y ajoutant un
peu de vert-de-gris. En 1834, j'ai trouvé, dans de
l'absinthe verte, vendue à Rouen, une proportion
considérable d'acétate de cuivre ; aussi, une personne
qui en avait bu avait éprouvé de violentes coliques. »
(*Leçons de Chimie*, t. 2, p. 591.)

*Préparations moins salubres, pour l'emploi des
substances animales, que celles indiquées
page 181.*

JUS DE VIANDES. — CONSOMMÉS. — Ils renferment,
sous un trop petit volume, les principes les plus
nutritifs des viandes ; ils échauffent, et ne se digèrent
pas avec facilité. (*Voyez*, pages 183 et 191, ce que

pensent de ces préparations Boerhaave, Zimmermann et Hufeland.)

VIANDES *lardées ou piquées.* — VIANDES *imprégnées d'huile.* — Pour donner du goût et du moëlleux aux viandes trop dénuées de graisses, on les pique ou on les couvre avec du lard, ou bien on les laisse séjourner dans l'huile. Les viandes préparées de cette manière sont toujours un peu lourdes pour les personnes dont les digestions sont difficiles.

VIANDES *marinées dans le vinaigre.* — Par leur séjour dans le vinaigre, les viandes s'attendrissent et deviennent plus digestibles, mais plus irritantes pour certaines dispositions individuelles.

VIANDES *très faisandées.* — Ce sont celles que l'on garde jusqu'à ce qu'elles aient acquis une odeur forte et un goût piquant ; on faisande souvent jusqu'à ce degré les chairs de la bécasse, du faisan, du daim, du cerf, etc. Ces viandes sont fort recherchées par quelques personnes, mais elles peuvent donner une âcreté particulière aux sucs digestifs.

VIANDES *salées ou fumées.* — Elles font partie des assaisonnemens. (*Voyez* page 162.) Elles peuvent devenir d'un usage dangereux lorsqu'elles commencent à se gâter, ou qu'on les garde trop long-temps.

Boudin. — Il y en a de rouge et de blanc. Le premier se fait avec du sang de cochon, de la graisse, des ognons, du sel et du poivre. C'est un aliment très échauffant et indigeste. — Le boudin blanc est composé de mie de pain, de lait, de chair de volaille, de graisse et d'épices. Il ne contient pas de sang; il est moins échauffant que le rouge, et plus léger, plus délicat.

Il ne faut pas confondre avec le boudin blanc une préparation que l'on désigne souvent sous ce nom, mais qui n'est autre chose qu'une espèce de saucisse.

Des boudins fumés ont donné lieu à des accidens très graves.

Le boudin rouge, et en général tous les alimens dans lesquels il entre du sang, acquièrent des propriétés vénéneuses par leur altération ou leur trop longue conservation. Dans l'un et l'autre cas, ces mets ont souvent occasionné des empoisonnemens.

Saucisses, *et autres préparations de la charcuterie.* — La plupart de ces préparations se digèrent péniblement; elles échauffent et sont même irritantes. Elles ne peuvent convenir qu'aux individus forts et qui en usent avec sobriété. — La charcuterie de qualité inférieure renferme quelquefois des quantités si considérables de poivre et d'autres aromates excitans, qu'elle en acquiert une sorte de propriété presque vénéneuse.

« Ce sont surtout les viandes fumées, les saucisses,
les couennes de lard, le fromage d'Italie, le jambon,
le bœuf gras salé, les pâtés de jambon et toutes les
préparations des charcutiers, qui sont plus susceptibles de devenir vénéneuses; lorsqu'elles commencent à se corrompre ou qu'elles sont arrivées à un
certain degré de vétusté. » (J. Girardin, *Chim. élém.*,
t. 2, p. 425.)

OEufs *durs*. — Lorsque les œufs ont durci par
la cuisson, ils se digèrent difficilement (*voyez* OEufs,
p. 108). Les œufs durs sont encore moins digestibles
si on les a cuits quand ils n'étaient pas frais, s'ils
ont trop durci, s'ils sont trop vieux cuits, ou si on
les mange froids.

PELLICULE *du lait cuit*. — Lorsqu'on fait chauffer
le lait, il se couvre d'une pellicule composée principalement de caséum; si l'on enlève cette pellicule,
elle est bientôt remplacée par une autre, jusqu'à ce
que tout le caséum soit coagulé. L'espèce de crême
que l'on obtient ainsi forme un aliment adoucissant
et agréable au goût, mais difficile à digérer. On le
connaît, à Rouen, sous le nom de crême de Sotte-
ville.

FROMAGES *fermentés*. — Ils échauffent, ils irritent, surtout lorsqu'ils ont une odeur forte, une
saveur piquante, qu'ils sont très assaisonnés avec le

sel, le persil, la ciboule, l'estragon, etc. Ils se
digèrent avec peine et ne peuvent convenir qu'aux
sujets forts, et qui en usent avec réserve; ils ont
toujours été interdits aux personnes délicates.

Les fromages très gras et les fromages durs, sont
des alimens lourds.

« Il est beaucoup de fromages qui, en vieillissant,
acquièrent des qualités vénéneuses, et qui produisent
de véritables empoisonnemens, à la manière des
viandes fumées et corrompues. » (*Élém. de Chimie*,
J. Girardin, p. 455, t. 2.)

Friture.

Dans ces préparations, il s'est formé autour des
alimens une espèce de croûte, qui a contracté
beaucoup d'âcreté; cette croûte est irritante, difficile à digérer, et très nuisible aux estomacs faibles.
Elle cause facilement des rapports brûlans, surtout
lorsqu'elle est épaisse et noire. On doit, afin de diminuer autant qu'on le peut les mauvais effets des
alimens frits, faire en sorte que la croûte qui les
enveloppe soit très mince, légère, et seulement
d'une belle couleur jaunâtre. Elle sera d'autant plus
mince, que les alimens auront été moins enduits de
farine ou de pâte. Aussi, les personnes en bonne santé
peuvent-elles manger, frits, le plus souvent sans
inconvénient, les poissons qu'on n'a fait absolument
que blanchir; mais, quelque bien faites que soient

les fritures, il faut que les sujets délicats n'en usent qu'avec circonspection.

Les fritures à l'huile, surtout avec de bonne huile d'olive, passent pour plus digestibles et moins âcres que les autres.

Roux.

On les obtient en faisant roussir de la farine avec de l'huile, de la graisse, ou du beurre. Ils sont destinés à lier un grand nombre de sauces, ou à cuire les viandes. Cette manière de préparer les alimens est encore plus sujette que les fritures à donner des rapports brûlans et nidoreux. Elle est peut-être la plus capable de nuire aux organes de la digestion.

Sauces échauffantes et difficiles à digérer.

SAUCES *piquantes.* — SAUCE *Robert.* — SAUCE *à la Tartare.* — COULIS. — SALMIS. — REMOLADES. — CIVETS. — SOYAC ou *Ket-Chop,* etc., etc., etc.

Dans ces diverses préparations, il entre toujours un grand nombre d'assaisonnemens qui échauffent beaucoup, irritent, se digèrent mal. Pour quelques-unes d'elles, on emploie des roux qui augmentent encore leurs mauvais effets. On peut donc les placer toutes au rang des préparations les moins salubres, et de celles dont les individus mêmes les plus robustes ne doivent faire usage qu'avec réserve.

Glaces.

Il faut user avec précaution des substances alimentaires préparées à la glace. Elles occasionnent une trop vive sensation de froid; et, pour cela seul, ont des propriétés très excitantes. Elles peuvent donner lieu à de graves accidens, si on les introduit précipitamment dans l'estomac, quand le corps est en sueur ou échauffé; prises aussitôt après le repas, elles peuvent troubler la digestion; elles irritent souvent l'estomac, si on les prend quand il est vide. Elles peuvent supprimer le cours des règles. Elles sont contraires aux convalescens, aux vieillards, aux personnes dont la poitrine est faible, à celles dont les organes digestifs sont irritables, et généralement à tous les sujets d'une santé délicate.

La température des glaces est beaucoup plus à craindre que les aromates dont on les relève; car ils s'y trouvent ordinairement dans une proportion trop faible pour devenir nuisibles.

Lorsqu'on veut user des glaces pour se désaltérer, il est essentiel de n'en mettre dans la bouche qu'une petite quantité à la fois, de l'y conserver jusqu'à ce qu'elle ait perdu de sa température, puis de la faire pénétrer peu à peu dans l'estomac.

DES BOISSONS.

Les boissons servent à calmer la soif et à faciliter la digestion; mais, lorsqu'elles sont de mauvaise qualité, ou que leurs propriétés ne concordent pas avec les prédispositions individuelles, elles deviennent la source d'une foule de maladies. Elles peuvent apporter, à la longue, dans nos organes, les germes d'affections morbides très pernicieuses. L'usage mal réglé des boissons échauffantes est peut-être, de toutes les causes morbifiques, la plus fréquente et la plus active; il ne faut donc pas moins d'attention pour le choix des boissons, que pour celui des autres substances alimentaires.

J'indiquerai ici les boissons les plus usitées; et, sur chacune d'elles, je donnerai les renseignemens indispensables en ce qui a rapport à la santé. Elles formeront deux sections : la première renfermera les plus salubres; mais, avant d'entrer en matière, je vais

dire un mot sur l'usage des boissons, comme moyen
de calmer la soif.

Des boissons employées pour calmer la soif.

L'eau pure est la meilleure de toutes les boissons
pour calmer la soif; cependant on se désaltère mieux,
quelquefois, avec de l'eau agréablement acidulée,
de l'eau sucrée, ou de l'eau à laquelle on ajoute une
petite quantité d'un liquide spiritueux.

Les boissons fermentées n'ont de succès, pour
apaiser la soif, qu'en proportion de la quantité d'eau
qu'elles renferment; aussi, le vin pur et surtout les
liqueurs alcooliques, sont-ils de mauvais moyens pour
atteindre ce but; ils ne désaltèrent qu'en augmentant
la formation de la salive et du mucus de la bouche et
de la gorge; ils ne procurent ainsi qu'un soulagement
de peu de durée, et suivi, le plus souvent, d'une soif
plus vive ou d'autres accidens.

Quelle que soit la boisson que l'on choississe pour
se désaltérer, elle réussit mieux, en général, quand
elle est très froide, pourvu toutefois qu'on la boive
fort lentement et par petites gorgées. Cette précaution
est surtout très utile, quand le corps est échauffé et
couvert de sueur; car, alors, les boissons très froides,
avallées rapidement, et en certaine quantité à la fois,
pourraient supprimer la transpiration et affecter la
poitrine ou les entrailles.

Pour étancher la soif dans les maladies, les boissons tièdes sont souvent préférables aux boissons froides.

BOISSONS LES PLUS SALUBRES.

Elles comprennent l'eau pure, l'eau mêlée avec une substance adoucissante, l'eau acidulée légèrement, l'eau rougie, les infusions très modérément aromatisées, les petits cidres, les bières légères. On voit que quelques-unes d'elles renferment des substances excitantes, mais ce n'est que dans des proportions trop peu considérables pour changer sensiblement les propriétés de l'eau. En conséquence, toutes ces boissons humectent, rafraîchissent, et adoucissent plus ou moins; elles aident aussi la digestion, et conviennent le mieux à la santé de tous pour l'usage ordinaire. Elles doivent être recherchées, principalement par les individus faibles : ils donneront la préférence à celles qu'ils emploient avec le plus de succès.

Eau *pure*. — Lorsqu'elle est de bonne qualité et qu'elle réussit, c'est la boisson la plus salutaire, soit pour se désaltérer, soit pour boire aux repas. On remarque que les buveurs d'eau conservent mieux leurs forces, maîtrisent mieux leurs passions, sont moins sujets aux maladies, qu'ils jouissent plus complètement de leurs facultés intellectuelles, et qu'ils vivent souvent

fort long-temps. « C'est une expérience constante,
dit Fr. Hoffmann., que ceux qui ne boivent que de
l'eau conservent plus long-temps leurs dents et leur
vue, et qu'ils sont plus sains, vivent plus vieux et
mangent plus que ceux qui usent du vin ou de la
bière. » (*Méd. raison.*, t. 3, p. 85.)

On a tort de reprocher à l'eau l'inconvénient de
décolorer, puisque beaucoup d'individus aux couleurs
vermeilles n'ont jamais eu d'autre boisson, et qu'il
est même des personnes qui, après avoir perdu l'éclat
de leur teint, ne l'ont repris qu'en se mettant à l'usage
de l'eau. C'est bien à tort aussi que l'on répète souvent
qu'elle affaiblit le physique et le moral ; elle était
l'unique boisson du jurisconsulte André Tiraqueau ;
cela ne l'empêcha pas d'être le père de vingt enfans
légitimes et l'auteur d'un grand nombre d'ouvrages
remarquables. Pittacus, Charles XII roi de Suède, et
autres hommes célèbres qui en faisaient leur boisson
habituelle, ont donné la preuve qu'ils ne manquaient
ni de courage, ni de force, ni de capacité. L'eau
n'éteint pas la vivacité du génie, dit Zimmermann.
Démosthène, que Longin comparait à la foudre ou à
une tempête, ne buvait que de l'eau. Locke,
Haller, Milton, étaient des buveurs d'eau.

Cependant nos habitudes, nos usages, nous font
trouver l'eau pure trop peu sapide, et nous sommes
presque toujours obligés de relever sa saveur par
quelques mélanges ; mais ces mélanges doivent seu

14

lement donner à l'eau un goût plus agréable, et la rendre plus digestible, sans changer notablement ses propriétés.

Eau de bonne qualité. — La meilleure eau est en général limpide, fraîche, inodore, et quelque peu sapide; elle s'échauffe et se refroidit avec facilité, dissout aisément le savon, et cuit bien les légumes, elle conserve sa transparence lorsqu'on la fait bouillir. Pour être salubre comme boisson, elle doit contenir de l'air, afin de ne pas peser sur l'estomac. On reconnaît qu'elle en renferme, si elle est d'une saveur agréable, qu'elle perle quand on la transvase, et que l'air s'en dégage sous forme de bulles quand on la fait chauffer.

Eaux des rivières, des fleuves. — On les cite comme ayant le plus de qualité, surtout lorsqu'elles ont coulé rapidement et long-temps sur un lit de sable ou de roc; alors, elles se sont emparées d'une petite quantité d'air, et dépouillées des sels qu'elles contenaient en sortant des sources; mais on doit les puiser dans les lieux où elles sont courantes et ne reçoivent pas d'immondices.

Eau de pluie. — C'est la meilleure, après l'eau de rivière, si on la recueille quand la pluie a déjà tombé assez de temps pour entraîner les substances qui sont capables d'altérer l'eau, et qui se trouvent disséminées dans l'atmosphère et sur le toit des maisons. — Il faut se méfier de cette eau lorsqu'elle tombe sur des toitures de zinc ou de plomb.

Eau de fontaine. — Après les eaux de pluies, on place les eaux de fontaine, lesquelles, en s'éloignant de leur source, coulent sur un lit de sable, et peuvent ainsi se pénétrer d'air, et déposer les sels qu'elles tiennent en dissolution.

Eaux des puits, Eaux sortant des sources. — Elles sont moins bonnes que les précédentes, parce qu'elles sont souvent privées d'air, et chargées de sels. On les appelle *eaux dures* ou *eaux crues*, lorsqu'elles renferment beaucoup de substances salines; alors elles dissolvent mal le savon, durcissent les légumes qu'on y fait cuire, et sont réputées très malsaines. Si on les emploie comme boissons, elles pèsent sur l'estomac, occasionnent des coliques.

Eaux des citernes, des étangs, des mares, des lacs, des marais et toutes les eaux stagnantes. — Elles sont presque toujours altérées par des substances salines, et par la putréfaction de matières végétales et de matières animales. Elles seraient donc d'un fort mauvais usage, si on les employait sans les assainir.

Assainissement des eaux. — Pour assainir les eaux, on les laisse déposer, et on les filtre; mais comme, en les filtrant, elles perdent une partie de l'air qu'elles contiennent et qui est essentiel à leur qualité potable, on doit, avant de les employer comme boissons, les agiter pour qu'une nouvelle quantité d'air se combine avec elles.

Les eaux que l'on fait bouillir pour les purifier ne deviennent pas aussi pures que si on les filtrait. En outre les eaux bouillies sont plus fades et plus lourdes que les eaux filtrées, parce que l'air se dégage par l'ébullition. — Les eaux distillées sont les plus pures, mais fades et difficiles à digérer, parce qu'elles sont privées d'air. — Les eaux de fonte de neige et de glace sont très pures; mais, étant privées d'air comme les précédentes, elles ont les mêmes inconvéniens. — Pour rendre potables ces différentes eaux, il faut y introduire de l'air, et pour cela les exposer au contact de ce fluide pendant un jour au moins, et les agiter ou les battre.

Conservation de l'eau. — Les meilleurs vases pour conserver l'eau, sont ceux en verre, en grès ou en terre vernissée. Elle pourrait s'altérer dans des vaisseaux de bois; ceux en fer lui donnent un goût désagréable, et la rendent rousse; les vases de zinc lui communiquent des propriétés malfaisantes. Il est très dangereux, dit le professeur Orfila, de boire de l'eau que l'on a gardée pendant long-temps dans des vases de plomb exposés à l'air. L'eau qui séjourne dans un vase de cuivre peut devenir vénéneuse.

Eau *mélée avec le lait.* — Quelques cuillerées de lait dans un verre d'eau, forment une boisson douce et rafraîchissante qui convient, surtout, pendant le repas, aux personnes sujettes à des chaleurs dans la poitrine, l'estomac ou les intestins, et à celles qui éprouvent souvent des feux au visage.

Eau *sucrée.* — Elle apaise la soif et facilite la digestion ; elle est très salutaire lorsque l'estomac est chargé.

Eau *édulcorée avec les sirops de gomme, de guimauve, de capillaire.* — Elle est adoucissante et très digestible ; mais, lorsqu'on veut en faire usage, on doit avoir égard à l'observation suivante : « Les sirops clarifiés avec le sel de saturne (acétate de plomb) retiennent une partie de ce sel vénéneux, lorsqu'ils ont été mal purifiés ; il est donc imprudent de se les procurer chez les épiciers, qui peuvent manquer des connaissances nécessaires pour opérer cette purification. » (Orfila, *Sec. aux pers. empoisonnées, p.* 98.)

Boissons acides, comme LIMONADE, — ORANGEADE, — EAU DE GROSEILLES, DE CERISES, etc. — Elles ne doivent être que modérément acidulées ; alors elles conviennent beaucoup pour rafraîchir et pour désaltérer, hors le repas ; mais elles causent, chez quelques personnes, des maux d'estomac, des coliques, de la toux. Elles pourraient même troubler la digestion, si on en usait trop peu de temps après avoir mangé.

ORGEAT. — Une cuillerée de sirop d'orgeat dans

un verre d'eau, forme une boisson fort douce et qui
calme bien la soif, mais qui est moins digestible que
les précédentes. Elle occasionne à quelques individus
des coliques, des maux d'estomac.

THÉ. — En infusion très légère, c'est une boisson
agréable, dont les propriétés dominantes sont celles
de l'eau. Elle humecte, délaie, adoucit, lorsqu'on
en use modérément; elle est très salutaire contre les
maux d'estomac, et autres malaises qui résultent des
digestions laborieuses.

« Je conseille le thé, nous dit Zimmermann, à
tous ceux qui sont obligés de s'exposer au froid,
surtout en voyage, parce qu'il est le préservatif le
plus sûr et le meilleur contre la pleurésie et toutes les
autres inflammations. Je le conseille particulièrement
à ceux qui, après être restés exposés à un froid humide,
rentrent au logis tout transis. On prévient, par-là, les
mauvais effets d'une transpiration arrêtée, et l'on sent
bientôt cesser la pesanteur, et la lassitude qui en résulte d'abord. En quoi consiste donc, principalement,
dans ces cas-là, le véritable avantage du thé ?
Boërhaave répond que c'est dans l'eau tiède. » (*Trait.
de l'Expérience*, t. 3, p. 119.)

On peut prendre le thé sans mélange, mais souvent
on y ajoute, pour le rendre plus adoucissant, un
peu de sucre, de lait, de crême ou de jaune d'œuf.
L'habitude de le boire très chaud est fort nuisible.

L'infusion de thé employée ou trop forte ou avec excès, affaiblit à la longue les fonctions digestives, occasionne des tremblemens, des insomnies et diverses affections nerveuses.

Comme le thé renferme un principe excitant pour les nerfs, il faut que les personnes délicates, sensibles, irritables, n'emploient son infusion que fort légère, et n'en adoptent l'usage fréquent qu'après s'être assurées qu'elle leur réussit.

« On distingue généralement deux sortes de thés, les *noirs* et les *verts*. Chaque sorte forme six à sept qualités, qui sont connues dans le commerce sous des noms particuliers. Tous ces thés sont produits par le même arbrisseau, le *Thea bohe* a des botanistes.

Les différences qu'ils présentent proviennent, soit de la nature du sol, de l'exposition et de la culture, soit du choix des feuilles, des époques de la récolte, soit enfin des diverses méthodes de préparation et de dessication.

Les thés *noirs* et les thés *verts* ne diffèrent entre-eux que parce que les premiers sont préparés avec des feuilles de la dernière récolte de l'année, et qu'ils ont été exposés à la vapeur de l'eau bouillante avant leur torréfaction; ils sont plus dépouillés de leur âcreté naturelle, et sont moins irritans. Les Chinois ne font usage que des thés *noirs*. » (J. Girardin, *Leçons de chimie*, t. 2. p. 350.)

On doit conserver le thé dans des vases de verre, ou dans une boite bien fermée, afin qu'il ne perde, ni de son parfum, ni de son goût agéable.

Infusions très légères de Substances *modérément* aromatiques. — On les fait avec l'une ou l'autre des espèces suivantes : *Fleurs de Tilleul ; Feuilles d'Oranger, de Capillaire ; Véronique officinale, Mélisse, petite Sauge, Vulnéraire suisse*, etc., etc. Elles sont délayantes, adoucissantes, et peuvent remplacer l'infusion de thé ; elles peuvent également servir de boisson aux repas ; on les prend pures ou mêlées avec une petite quantité de sucre ou de lait.

Eau *rougie.* — Boisson très digestible, très saine, et préférable à l'eau pure pour ceux à qui cette dernière paraît fade. L'eau rougie humecte et adoucit passablement, quand le vin ne s'y trouve que dans une proportion assez faible pour laisser dominer les propriétés de l'eau ; quelques cuillerées de vin ordinaire, par chaque verre, suffisent aux personnes délicates. L'eau rougie préparée avec une trop forte quantité de vin, est une boisson plus excitante et qui fortifie davantage, mais dont l'usage habituel ne serait pas toujours sans inconvénient.

L'eau rougie la plus favorable à la digestion se fait avec les vins d'ordinaire de bonne qualité ; ce sont les plus estimés après les vins fins et demi-fins ;

ils supportent mieux l'eau que ces deux derniers. Ceux qui méritent la préférence sont fournis par la Bourgogne, le Bordelais et la Champagne.

PETIT CIDRE. — On l'obtient en mettant fermenter avec de l'eau une assez faible quantité de pommes, ou le marc des pommes dont on a déjà exprimé le jus pour avoir du cidre fort. Le petit cidre, bien fait, bien conservé, légèrement piquant, clair, ambré, agréable au goût, ne portant pas à la tête, est une boisson humectante, passablement rafraîchissante, qui convient en général; et, lorsqu'il est très léger, il réussit assez souvent aux personnes faibles; il peut même leur servir de boisson habituelle. En y ajoutant de l'eau, il s'emploie quelquefois avec succès dans les maladies inflammatoires; il forme alors une espèce de Limonade.

Les cidres préparés tout exprès pour ne former qu'une boisson légère, sont plus salubres que les gros cidres coupés ou réduits par l'eau.

Le petit cidre ne se conserve guère plus d'une année; il se digère avec peine quand il est trop nouveau; il devient aigre et très nuisible quand il est trop vieux ou mal conservé.

Les gros cidres seront compris parmi les boissons moins salubres. *(Voyez plus loin.)*

PETITE BIÈRE. — Elle se prépare avec de l'orge et

du houblon, ou avec le marc de la drèche qui a
servi à la fabrication des bières fortes. Elle ne doit
être ni trop jeune, ni trop vieille. On la choisit claire
ou très peu épaisse, d'un goût agréable, un peu piquant et sans aigreur. Telles sont les petites bières
de Paris, de Belgique, d'Angleterre. Elles ne portent
pas à la tête, nourrissent, adoucissent, désaltèrent
bien, et sont de digestion facile.

La petite bière convient à un grand nombre d'individus, surtout aux constitutions sanguines, à ceux
dont l'estomac est chaud, dont les entrailles sont
irritées, aux enfans maigres, aux femmes qui, pendant
leur grossesse, sont sujettes à des nausées. Mais, pour
que cette boisson manifeste mieux ses propriétés
adoucissantes et rafraîchissantes, il faut se la procurer plus récente, moins houblonnée, et peu mous-
seuse, puis la couper avec de l'eau : alors on peut
quelquefois l'employer avec avantage dans les maladies inflammatoires.

Sydenham conseillait la bière légère aux goutteux,
et son expérience personnelle l'avait mis à même d'en
apprécier les salutaires effets; il la recommandait
aussi aux individus affectés de graviers et de calculs
dans la vessie.

La bière blanche ou bière pour laquelle l'orge n'a
pas été torréfiée, est plus saine pour boire aux repas;
elle est plus douce, plus légère et moins nutritive que
les bières colorées.

La bière très houblonnée est moins douce, mais plus fortifiante.

La bière qui mousse beaucoup peut irriter certains estomacs; elle porte à la tête, agit sur les nerfs.

Quand la bière est trop nouvelle, trop forte, mal préparée, ou qu'on en boit avec excès, elle occasionne parfois des ardeurs d'urine et un flux de mucosités par le canal de l'urètre. On remédie assez promptement à ces accidens en prenant un peu d'eau-de-vie ou de bon vin; on les guérit encore en se mettant à l'usage de l'eau pure ou sucrée, et en s'abstenant, pendant quelques jours, de toutes boissons excitantes.

La bière légère se gâte promptement; elle devient aigre. Il faut la boire dans les deux mois qui suivent sa fabrication. La bière ordinaire ne se conserve bonne que pendant environ quatre mois; et il n'y a que les bières fortes d'Angleterre, de Belgique, de Flandre et d'Allemagne, que l'on puisse garder plusieurs années sans qu'elles s'altèrent.

Les bières fortes feront partie des boissons moins salubres. (*Voyez plus loin.*)

BOISSONS MOINS SALUBRES, EN GÉNÉRAL, QUE CELLES DE LA SECTION PRÉCÉDENTE,

ou Boissons échauffantes.

Elles comprennent les vins purs, l'hydromel, les gros cidres, les bières fortes, les eaux-de-vie, les liqueurs, le café. Elles sont très excitantes, et développent beaucoup de chaleur animale; cependant elles sont utiles quand on en use à propos et sobrement. C'est aux individus forts et en bonne santé qu'elles réussissent le mieux. Elles aident la digestion; elles procurent momentanément un surcroît d'énergie, et donnent plus d'activité à toutes les fonctions; mais leur effet très stimulant nuit aux sujets faibles, délicats. Ceux-ci doivent ne les employer qu'avec beaucoup de réserve, et même ne rechercher, parmi elles, que du vin léger et d'excellente qualité.

Elles ne conviennent point aux enfans; elles nuisent à leur accroissement, et les disposent à des maladies graves.

Il ne faut pas en être moins sobre pendant la durée des saisons froides, car le froid seul peut donner lieu à des maladies inflammatoires, et les boissons échauffantes favorisent encore la disposition à ces maladies. « Pendant l'hiver, nous dit Hippocrate, la chaleur innée, concentrée dans les viscères, leur donne la plus grande activité. » (*Aph.* 15, *Sect.* 1re.) Alors ne doit-il pas être préjudiciable d'augmenter cette chaleur en employant, plus que de coutume, les boissons échauffantes?

On dit pourtant que c'est particulièrement en hiver qu'il est utile d'user de ces boissons, et, pour appuyer cette opinion, on ajoute souvent que les peuples septentrionaux en consomment beaucoup, et qu'elles leur sont indispensables surtout dans les temps froids.

Mais, dans le nord de la Russie, j'ai pu observer que les Tartares n'ont l'habitude, ni du café, ni des liqueurs alcooliques, et que cependant ils sont remarquables par leur vigueur et leur activité. L'abstinence des boissons spiritueuses est un précepte de leur religion, auquel ils se conforment assez scrupuleusement.

Chez les Russes, l'eau-de-vie se vend un prix tellement élevé, que cela seul doit s'opposer à son usage fréquent au moins pour l'ordinaire, parmi le peuple. Un petit verre d'eau-de-vie de seigle coûte cinq copecks, et c'est, dans une grande étendue de l'empire, la valeur de trente onces de bon pain de seigle, c'est celle de douze onces d'excellent mouton, c'est le tiers environ de la journée d'un homme de peine. Il faut remarquer encore que, la plus grande partie de l'année, la plupart des habitants, surtout dans les campagnes, ont pour seule nourriture du pain de seigle avec une décoction chaude de choux fermentés; que leur boisson habituelle est le *kvas*, espèce de tisane légèrement acide, et véritablement rafraîchissante.

Dans toutes les contrées où la consommation des boissons échauffantes est considérable, on observe nombre de faits qui ne permettent pas de douter qu'elles sont nuisibles.

Leur emploi trop répété use promptement l'organisation, en faisant vivre vite; il occasionne à un plus haut degré tous les mauvais effets des assaisonne-mens actifs. Aussi est-il la cause la plus puissante, et peut-être la plus ordinaire de ces maladies dange-reuses, qu'on ne reconnaît, en général, que quand il n'est plus temps d'y porter remède. Enfin, l'ivresse est produite par l'abus des spiritueux, et, lorsqu'elle se renouvelle souvent, elle amène les plus graves alté-rations du corps, et l'abrutissement de l'esprit. Les individus chez lesquels on la voit chagrine, sombre, querelleuse, colère, doivent, plus que d'autres, se méfier des boissons qui peuvent l'occasionner.

VIN *pur*. — Boisson excitante, qui fortifie et aide la digestion quand on en use modérément; mais, lorsqu'on en prend avec excès ou à contre-temps, enfin que l'usage en est mal réglé, il irrite, il enivre, il a tous les inconvéniens des boissons échauffantes et alcooliques; il est du nombre de celles qui, parfois, détruisent la santé, lors même qu'elles paraissent pro-duire de bons effets. On remarque que ceux qui en boivent beaucoup abrègent leur vie, et meurent ac-cablés d'infirmités. Les individus faibles doivent donc ne l'employer pur qu'avec certaine réserve; mais, si on le mêle avec une grande quantité d'eau, il leur procure une boisson des plus salubres. (Voyez *Eau rougie*, page 209).

Fr. Hoffmann pense « qu'il faut plutôt regarder

le vin comme un aliment médicamenteux que comme
un aliment nourrissant, et être persuadé, qu'à moins
qu'il ne soit suffisamment trempé d'eau, il est ordinairement plus nuisible que salutaire. » *(Méd. rais.,*
t. 5, p. 344.) Ce même auteur dit aussi que le vin
ne convient pas à ceux qui ont beaucoup de chaleur
naturelle, comme les enfans, les jeunes gens, à ceux
qui font beaucoup d'exercice, et dans les chaleurs de
l'été. (*Méd. rais.*, t. 3, p. 94.)

Galien défend aux jeunes gens de boire du vin
avant l'âge de dix-huit ans. Platon l'interdit jusqu'à
vingt-deux ; il approuvait la loi des Carthaginois, qui
enjoint de s'en abstenir le jour que l'on cohabite avec
sa femme.

« Bacon dit avoir confirmé par l'expérience ce
que l'antiquité avait cru par rapport à l'effet du vin,
sur le principe de la génération. Il prétend que les
buveurs de vin perdent leur virilité, ou n'engendrent
que des filles, comme le disent les Anglais en plaisan-
tant. » (Zimmermann, *Traité de l'expérience*, t. III,
p. 82.)

Signes des mauvais effets du Vin. — Lorsque le
vin réussit mal, il porte à la tête, y cause des douleurs ;
il donne des étourdissemens, des maux de poitrine,
des pesanteurs à l'estomac, des rapports acides, des
malaises, des chaleurs d'entrailles, des spasmes, des
insomnies, etc., etc.

Moyens de juger de la qualité du vin. — Pour

reconnaître la qualité du vin, on doit considérer
sa limpidité, son odeur, sa saveur, sa force, sa vétusté, sa fraîcheur.

1º *Limpidité du vin*. — Elle indique qu'il est bien
préparé, bien conservé, qu'il n'a pas trop de couleur.
Les vins altérés ne sont jamais aussi limpides que celui
de bonne qualité. Les vins très colorés, épais, sont
lourds.

2º *Odeur du vin*. — Lorsqu'elle est suave et vineuse, on l'appelle *bouquet*; elle annonce la qualité
du vin. Le bouquet est très prononcé dans les vins de
Bordeaux et ceux de la Haute-Bourgogne. Quelquefois il se développe tard; d'autres fois il se perd quand
le vin vieillit; parfois aussi il est factice.

3º *Saveur du vin*. — Sous le rapport de la saveur,
les vins peuvent être distingués en vins secs et en
vins moëlleux.

Les *vins secs* sont ceux qui, comme les vins du
Rhin, ont un goût légèrement piquant sans être acide.
On nomme aussi vins secs ceux qui, sans être piquans,
sont dépourvus de moëlleux; tels sont quelques vins
Madère. Les vins secs, rouges ou blancs, excitent
plus de vivement les nerfs que les vins moëlleux.

Les *vins moëlleux* ont plus ou moins de douceur
ou de velouté; leur saveur est faiblement acide,
modérément âpre ou amère, ou un peu sucrée.

A. La saveur légèrement acide se remarque dans les
vins de Bourgogne et de Champagne.

Les vins trop acides sont irritans. On range parmi eux les vins de Brie, celui des environs de Paris, quelques vins de l'Orléanais, etc., etc.

B. La saveur modérément âpre ou amère se reconnaît dans le vin de Bordeaux.

Les vins trop âpres ont aussi l'inconvénient d'irriter; de ce nombre sont quelques vins du département de l'Eure, ceux de la Silésie, de la Franconie, et certains vins qui n'ont pas assez vieilli.

C. La saveur un peu sucrée s'observe dans les vins d'Espagne et du midi de la France, comme les vins muscats.

Les vins sucrés sont en général plus nourrissans, mais moins digestibles.

4° *Force du vin.* — Pour que le vin soit de bonne qualité, il n'est pas nécessaire de le choisir très alcoolique; les vins les plus fins, les plus délicats, et en même temps les plus salubres, ne contiennent qu'une quantité modérée d'alcool, c'est-à-dire de huit à douze parties sur cent, et cependant ils sont suffisamment généreux; ils déterminent assez promptement un sentiment de chaleur et de force, facilitent la digestion, et n'ont pas l'inconvénient de porter à la tête. — (*Voyez* le Bordeaux, le Bourgogne.)

Les vins très alcooliques sont plus généreux, excitent davantage, mais ils échauffent beaucoup et produisent facilement l'ivresse; tels sont les vins du Languedoc, du Roussillon, de la Provence, du

Périgord, de la Gascogne, la plupart des vins d'Espagne et de Portugal, étc.

Les vins blancs, et surtout les vins mousseux, ne sont pas très alcooliques, mais leur action est trop vive; ils montent promptement à la tête, agacent et irritent les nerfs.

5° *Vétusté du vin.* Le vin est plus parfait lorsqu'il a le degré de maturité dont il est susceptible; il s'est dépouillé de son âpreté en déposant son tartre; il est plus moëlleux, moins spiritueux, moins échauffant.

Les vins trop vieux sont passés; ils ont perdu de leur force et de leur goût agréable, mais ils ne sont pas malfaisans.

Les vins nouveaux, ou qui n'ont pas six mois, et même un an, sont bien moins salubres que les vins vieux. Ils contiennent plus d'alcool.

Les vins trop nouveaux, c'est-à-dire qui ont moins de trois mois, donnent des indigestions, des coliques, des diarrhées.

6° *Fraîcheur du vin.* — Le vin frais est plus agréable à boire; cependant, le vin de Bordeaux, quelques vins de liqueurs, comme ceux de Malaga, etc., ne se boivent pas à une température aussi fraîche que les autres vins.

Quant aux *vins à la glace*, si l'on sépare de la glace la partie restée liquide, celle-ci contient d'autant plus de spiritueux, que la partie glacée est plus considérable. Ces vins ont un goût plus flatteur, mais excitent trop vivement l'estomac et troublent quelquefois les digestions. « Il faut prendre garde, dit Fr. Hoffmann, de rafraîchir le vin avec la glace ou la neige, surtout pendant l'été, parce que la froideur qu'elle lui communique blesse aisément le mouvement péristaltique de l'estomac et des intestins, et devient une cause occasionnelle de maladies aiguës et chroniques. » (*Méd. rais.*, t. 3, p. 97.)

Résumé sur ce qui distingue les vins les plus salubres. — D'après les renseignements qui précèdent, les vins les plus salutaires sont limpides, d'une odeur suave et vineuse, d'une saveur agréable, faiblement acide, âpre, amère ou sucrée; ils ont du moëlleux, renferment une quantité modérée d'alcool (de huit à douze parties sur cent), et ne portent pas à la tête; cependant, ils ont de la force et conviennent beaucoup pour faciliter la digestion. Il faut les choisir vieux sans être passés; ils doivent se boire frais; néanmoins le Bordeaux et quelques vins de liqueur se boivent moins frais que les autres espèces, et les vins à la glace doivent être regardés comme insalubres.

———

On divise les vins en vins rouges, vins blancs, vins mousseux et vins de liqueur. Chacune de ces espèces produit des effets particuliers dont il faut tenir compte pour l'usage.

Vins rouges.

Ils fortifient, sont nourrissans et aident la digestion ; on les considère généralement comme plus salubres que les vins blancs, et sont préférables pour les sujets nerveux ; mais l'ivresse qu'ils peuvent occasionner est plus durable et plus dangereuse que celle des vins blancs.

Les vins rouges les plus digestibles, et en même temps les moins capables d'échauffer ou de porter à la tête, enfin les plus favorables à la santé, sont les suivans.

Vins rouges de Bordeaux. — Quand ils ont vieilli et se sont dépouillés d'une partie de leur substance colorante et extractive, ils ont alors perdu presque toute leur âpreté, et ne contiennent que des quantités modérées d'alcool ; cependant ils ont de la force, et doivent être placés parmi les vins qui facilitent le mieux la digestion, sans que leur effet s'étende au-delà de l'estomac ; mais ils resserrent un peu le ventre.

« Un vin de Bordeaux de première qualité, et par-
« venu à son degré de maturité, dit M. Jullien, dans
« sa *Topographie des vignobles*, doit être pourvu
« d'une belle couleur, de beaucoup de finesse, d'un
« bouquet très suave et d'une sève qui embaume la
« bouche ; il doit avoir de la force sans être fumeux,
« et du corps sans être âpre ; il doit ranimer l'estomac
« en respectant la tête, en laissant l'haleine pure et la
« bouche fraîche. »

Les vins de Bordeaux les plus estimés viennent des crûs Château-Margaux, Château-Lafitte et Château-Latour, dans le haut Médoc; du Château Haut-Brion, dans la contrée dite des Graves; etc. Ils font partie des vins fins de *première classe.*

Vins rouges de Bourgogne. — Ils ne renferment pas plus d'alcool que les vins de Bordeaux, quoique, cependant, ils soient un peu plus excitans; ils ont un goût plus suave, quelque peu acide, et se mêlent plus agréablement à l'eau. Hallé les compte au rang des vins les plus salubres.

On recherche particulièrement ceux du département de la Côte-d'or; ils sont plus connus sous la dénomination de vins de la *Haute-Bourgogne.* Les meilleurs de cette contrée réunissent toutes les qualités qui constituent les vins parfaits. « Ils joignent à une belle couleur beaucoup de parfum et un goût délicieux; ils sont à la fois corsés, fins, délicats et spiritueux, sans être trop fumeux. Bus avec modération, ils donnent du ton à l'estomac et facilitent la digestion.» (A. Jullien, *Topographie des vignobles,* p. 75.) Les plus renommés viennent des crûs dits la Romanée, Chambertin, Richebourg, Clos-Vougeot, Clos-St.-Georges, etc. Ils sont compris dans les vins fins de *première classe.*

On compte dans la *deuxième classe* des vins fins de la Bourgogne, les premiers vins de Vosne, de Nuits, de Premeau, de Chambolle, des Volney, de

Pomard, de Beaune, de Meursault, etc. (Côte-d'or);
les vins d'Auxerre, de Moulin-à-Vent, etc. (Mâcon-
nais); etc., etc.

Vins rouges du Dauphiné, territoire de l'Ermitage. — Ils ont quelque chose de la nature de ceux
du Bordelais, beaucoup de corps, et une partie du
moëlleux des vins de Bourgogne; ils sont exquis, mais
fort rares; ils passent pour être un peu trop spiritueux.

Les plus estimés sont les vins de Méal, de Rou-
coule, de Muret, etc. (département de la Drôme); ils
entrent dans la *première classe* des vins de France.

Vins rouges de Champagne. — Ils se distinguent
par beaucoup de finesse, de délicatesse et d'agrément;
ils portent assez promptement à la tête, mais leur
fumée se dissipe presque aussitôt; ils sont plus aci-
dules, plus légers que le Bourgogne, et en général très
salubres. Le professeur Hallé recommande les vins
rouges bien fermentés de la Champagne méridionale.

Les meilleurs vins rouges de la Champagne, sont
ceux de Verzy, de Verzenai, de Mailli, de St.-Basle,
etc., (départ. de la Marne). On les place en première
ligne, parmi les vins fins de *deuxième classe.* Les
premiers vins des Riceys, d'Avirey, etc. (départ. de
l'Aube), entrent dans la *troisième classe* de vins fins.
Ils sont recherchés à cause de la propriété qu'ils ont
de précipiter promptement les boissons froides, telles
que la bière et le cidre.

Vins rouges du Lyonnais. — Ils font aussi partie

des vins les plus estimés ; ils diffèrent de ceux du Dauphiné par un peu moins de corps, plus de légèreté et de vivacité.

La Côte-Rôtie, département du Rhône, est la contrée du Lyonnais qui produit les meilleurs vins. On les range dans les vins fins de *deuxième classe*.

Vins du Nord, comme ceux du Rhin. — Quand ils ont de dix à vingt ans, et qu'ils se sont dépouillés de leur âpreté, en déposant leur tartre, ils conviennent, dit Hallé, à un grand nombre d'estomacs. Ils sont moins alcooliques que les vins de Bordeaux et de Bourgogne. Les vins vieux du Rhin ne contiennent guère que neuf parties d'alcool sur cent. Hoffmann les regardait comme les meilleurs, et les recommandait aux goutteux ; il considérait aussi, comme très salubres, les vins moyennement forts de la Moselle.

On prétend que les vins du Rhin n'attaquent pas les nerfs, et ne troublent la raison que lorsqu'on en boit avec excès. Ceux de premier choix se gardent trente, quarante, cinquante et jusqu'à cent ans. Zimmermann dit qu'ils sont délicieux quand ils ont de cinquante à soixante ans.

Observation relative au choix des Vins rouges d'ordinaire. — Indépendamment des vins fins et délicats, les contrées citées plus haut fournissent d'excellens vins rouges d'ordinaire. Les meilleurs de cette classe, produits par la France, viennent de la Bourgo-

gne, du Bordelais et de la Champagne. Après les premiers vins d'ordinaire de ces trois provinces, on place
les meilleurs vins de la Touraine, de l'Orléanais, de
la Lorraine, etc.

Les premières qualités de vins d'ordinaire acquièrent beaucoup en vieillissant, et sont souvent
bien accueillies comme vins fins.

Vins blancs.

Ils ont toujours plus d'acide, de légèreté, d'agrément, et moins de chaleur que les vins rouges; ils
contiennent un tartre plus fin, et sont plus actifs,
mais ils montent promptement à la tête, picotent,
agacent les nerfs et incommodent plus facilement les
sujets nerveux; cependant, comme ils sont moins
alcooliques, moins nourissans et plus désaltérans,
on les préfère pour les personnes sanguines. L'ivresse
qu'ils peuvent occasionner n'est pas aussi durable
ni aussi dangereuse que celle des vins rouges.

Les vins blancs de *première classe* sont :

Les vins secs dits de Sillery, et les vins moëlleux
d'Ay, d'Hautvillers, d'Epernay, etc. (en Champagne).

Les vins de Montrachet (en Bourgogne).

Les vins moëlleux de Barsac, de Sauterne, etc., et
les vins secs de Villenave-d'Ornon (dans le Bordelais).

Les vins de Château-Grillet (départ. de la Loire).

Les vins de l'Ermitage (Dauphiné).

On range aussi dans la *première classe* les vins secs de l'île de Madère et ceux de Xérès, en Espagne. — Ceux du château de Johannisberg et les vins de Steinberg, de Hochheim, etc., dits vins du Rhin, de première qualité (duché de Nassau).

Parmi les vins fins de *deuxième classe*, on compte Les meilleurs vins de Meursault, de Chablis, de Tonnerre (Bourgogne).—Les vins d'Arbois, en Franche-Comté. — Les meilleurs vins secs d'Alsace. — Les vins de Condrieu, dans le Lyonnais. — Ceux de St.-Péray, en Languedoc; etc., etc.

Les vins de Pouilly, en Bourgogne, font partie des vins fins de *troisième classe*.

Vins mousseux.

On les obtient en mettant les vins en bouteille, avant qu'ils aient subi complètement leur fermentation; les vins mousseux contiennent beaucoup de gaz acide carbonique; ils sont encore plus vifs et plus capiteux que les vins blancs, et sont aussi plus irritans pour les nerfs. On n'en doit user que de temps à autre, et avec modération. Ces vins font cesser les vomissemens nerveux des femmes enceintes, à la manière de l'anti-émétique de rivière.

Les vins légers mousseux désaltèrent bien, échauffent peu; ils donnent une ivresse de courte durée, et qui ne trouble pas la digestion.

Les vins *demi-mousseux* sont plus estimés que les

grands mousseux, parce qu'ils ont l'avantage de conserver plus de qualités vineuses, d'être moins piquans,
et de pouvoir se garder pendant plusieurs années,
tandis que les grands mousseux se décomposent
promptement.

C'est la Champagne qui fournit les vins mousseux
les plus recherchés : on distingue ceux d'Ay, d'Epernay, etc.

Les vins mousseux d'Arbois, en Franche-Comté, et
de St.-Péray, en Languedoc, sont aussi très renommés.

Vins de liqueur ou sucrés.

Ils sont plus alcooliques, plus échauffants que les
autres vins, et nourrissent davantage; on les recherche pour leur goût agréable et leurs vertus
toniques, mais ils ne conviendraient pas si on en usait
habituellement; on ne doit en prendre que de fois à
autre, et toujours en petite quantité. C'est surtout
à la fin du repas, et pour aider la digestion, qu'ils
réussissent le mieux. Ils nuisent aux estomacs irritables; les personnes délicates doivent s'en méfier.

Ces vins s'améliorent beaucoup en vieillissant, et
peuvent se conserver une longue suite d'années. C'est
une liqueur exquise quand ils sont vieux, et d'excellente qualité.

Parmi les vins de liqueurs des PAYS ÉTRANGERS,
on signale :

Le Tokay (Haute-Hongrie) : c'est le premier des

vins de liqueur. On en récolte fort peu de la
meilleure qualité; il a une couleur argentée, un certain aspect huileux; il est doux, délicat, parfumé,
contient peu d'alcool; il n'en renferme que neuf à dix
parties sur cent; cependant, il est très généreux.

Le Lacryma-Christi, du pied du Vésuve; ce vin
réunit à une belle couleur rouge un goût exquis et
un parfum des plus suaves. On n'en trouve presque
jamais dans le commerce.

Les vins rouges nommés Tinto, à Alicante, et
Tintilla, à Rota; les vins blancs nommés Malvasia
et Pedro-Ximenès, à Malaga. Les vins d'Alicante
et de Rota ne se servent pas ordinairement sur les
tables; on les emploie plutôt, quand ils sont très
vieux, comme un excellent tonique pour les malades.
Le Rota et le Malaga, bien vieillis, sont recherchés
pour les estomacs faibles. Le Malaga se conserve
pendant plus d'un siècle.

Les vins rouges et les vins blancs de Constance
(cap de Bonne-Espérance).

Les meilleurs vins dits de Malvoisie, dans l'île de
Madère.

En FRANCE, les premiers vins de liqueurs sont :

Le *muscat* de Rivesalte, dans le Roussillon; les vins
de *paille*, en Alsace; les vins de *paille* (Dauphiné-l'Ermitage); et les meilleurs vins *muscats* de Frontignan,
de Lunel (en Languedoc).

Vins falsifiés.

Le but que l'on se propose, en falsifiant les vins, est de masquer leurs défauts ; de colorer en rouge certains vins blancs pour les vendre plus cher, de livrer au commerce, comme vins plus ou moins fins, des compositions de peu de valeur.

Parmi les substances employées pour ces différentes fraudes, il en est qui n'offrent aucun danger ; d'autres, au contraire, exposent à des accidents qui peuvent parfois occasionner la mort.

Les passages qui suivent au sujet des vins falsifiés, sont extraits d'un ouvrage du professeur Orfila.

« *Vins frelatés par le plomb.* — On a imaginé, pour rendre doux les vins acides et aigres, de les mêler avec de l'acétate de plomb (sel de Saturne), de la céruse, et plus souvent encore avec de la litharge (protoxide de plomb). Ces préparations finissent par communiquer au vin une saveur douce. De toutes les fraudes, celle-ci est la plus dangereuse. Les personnes qui boivent des liqueurs falsifiées par ces préparations éprouvent des douleurs plus ou moins aiguës dans la région de l'estomac, des vomissements, des affections chroniques de l'estomac ou des intestins, des paralysies, etc. »

« *Vins falsifiés par l'alun.* — La falsification des vins par l'alun a pour objet de les rendre plus rouges et moins altérables, et de leur donner une saveur

astringente. Les dangers de cette fraude sont généralement connus : la digestion devient pénible ; il se
manifeste des vomissements, des obstructions, des
hémorroïdes, etc. »

« *Vins frelatés par la craie.*—On a imaginé d'ajouter de la craie aux vins blancs ou rouges d'une acidité désagréable, afin de saturer les acides acétique
et tartarique, et de faire disparaître leur saveur aigre,
en les combinant avec la chaux de la craie. Les vins
traités par ce moyen sont effectivement plus doux;
mais ils peuvent donner lieu à quelques symptômes
désagréables, s'ils contiennent une trop grande quantité d'acétate de chaux. »

« *Vins falsifiés par l'eau-de-vie.* — Il arrive
quelquefois que l'on corrige un vin faible en y ajoutant de l'eau-de-vie; dans d'autres circonstances, on
fait le vin de toutes pièces, en mêlant du cidre ou une
autre liqueur spiritueuse, de l'eau-de-vie, du bois de
Santal, de Campêche, ou toute autre matière colorante. Ces falsifications n'ont d'autre inconvénient
que celui d'occasionner plus facilement l'ivresse;
assez souvent elles déterminent aussi des maux de tête.

« *Vins falsifiés par des substances douces et astringentes.*—1° On ajoute quelquefois aux vins, du sucre,
des raisins de casse ou des vins plus doux : cette
addition est sans danger.

2° Dans certaines circonstances, pour rendre le
vin plus astringent, on y ajoute de l'extrait d'écorce

de chêne, de saule, etc : ce moyen n'offre aucun inconvénient. »

« *Moyens employés pour donner de la couleur aux vins.* — Les vins blancs étant, en général, plus colorés quand ils sont vieux, on conçoit que les marchands de vin aient cherché à donner plus de couleur à ceux qui sont jeunes.

1° Lorsque les vins blancs sont pâles, on les expose quelquefois à l'air; leur couleur devient plus foncée : on dit alors qu'ils *rouillent*. Ce moyen est sans danger.

2° Il en est de même de celui qui consiste à colorer les vins au moyen du caramel.

3° On peut jaunir ces liquides à l'aide du gaz acide sulfureux ; pour cela, on les verse dans un tonneau dans lequel on a fait brûler du soufre. Cette fraude est dangereuse, si l'acide se trouve en assez grande quantité. Le vin frelaté par ce moyen a une odeur semblable à celle du soufre qui brûle, et il la perd lorsqu'on le fait bouillir pendant un quart d'heure.

4° On a quelquefois coloré les vins pâles avec les baies de myrtille, avec le bois de campêche, le tournesol, les baies d'yèble, de troène, etc., substances qui ont également la propriété de les rendre plus astringens. Cette fraude, qui n'est accompagnée d'aucun danger, peut être reconnue à la difficulté avec laquelle on fait partir les taches produites par les vins sur le linge, etc. *(Secours aux pers. empois.,* p. 269 et suivantes.)

On trouve indiqués dans ce même ouvrage, les procédés chimiques à l'aide desquels on peut établir que les vins ont été falsifiés.

PIQUETTE. — Pour la préparer, on verse de l'eau sur le marc des raisins qui ont déjà servi à faire du vin, puis on remet en fermentation après avoir ajouté des restes de vendanges, dont, souvent, la maturité est incomplète. Cette boisson est assez rafraîchissante et agréable, mais ne convient qu'aux individus forts. Elle occasionne facilement des maux d'estomac et des tranchées.

HYDROMEL VINEUX. — On le compose avec du miel et de l'eau que l'on fait fermenter; il plaît généralement; son goût a beaucoup de rapport avec celui du vin d'Espagne. Cet hydromel s'emploie dans le Nord, où il tient lieu de vin. Il est moins alcoolique et moins digestif que les vins français; il fortifie lorsqu'on en prend avec modération; mais il échauffe et même enivre lorsqu'on en abuse; il donne des indigestions quand il est trop nouveau.

GROS CIDRE. — Il est moins délicat que le vin, et moins facile à digérer, occasionne souvent des vents et des coliques, et comme il fatigue et même irrite les organes digestifs, il mérite le reproche qu'on lui fait ordinairement d'engendrer des glaires; il convient peu aux personnes faibles, à moins qu'il ne soit coupé de beaucoup d'eau; mais, employé avec modération, il réussit bien en général aux sujets forts et en bonne santé; il leur procure une boisson nourrissante et très fortifiante, moins alcoolique que les vins, et, par cette raison, moins capable d'échauffer; mais l'ivresse qu'il peut causer a des suites plus fâcheuses que celle du vin.

Les cidres mousseux contiennent beaucoup d'acide carbonique, ce qui les rend plus capiteux et plus irritans pour les nerfs.

Les cidres nouveaux, ou dont la fermentation n'est pas terminée, sont indigestes.

Les cidres falsifiés avec des préparations de plomb, donnent lieu à de très graves accidens.

Il a été question des petits cidres parmi les boissons les plus salubres (p. 217).

POIRÉS. — Ils sont plus alcooliques, plus capiteux, moins nourrissans et moins salubres que les cidres; ils irritent fortement les nerfs. Les individus très robustes peuvent seuls s'en permettre l'usage, et ne doivent même en boire qu'en petite quantité.

Les poirés légers sont faciles à digérer et agréables au goût; mais leur action sur le système nerveux est encore trop vive pour qu'ils puissent servir de boisson habituelle.

Le poiré mousseux est peut-être la boisson la plus malsaine et la plus irritante pour les nerfs.

BIÈRE FORTE. — C'est la plus nourrissante de toutes

les boissons; elle passe pour donner de l'embonpoint; elle est beaucoup plus difficile à digérer que le vin, mais contient moins d'alcool et échauffe moins.

La bière forte est très propre à entretenir la vigueur chez les personnes robustes, et qui en usent sobrement. Quant aux individus faibles, ils ne doivent la boire que coupée d'eau. Elle est échauffante lorsqu'on en abuse. Elle donne une ivresse qui dure long-temps, et s'accompagne d'indigestions. Elle peut occasionner des coliques, des gonflemens gazeux, la dyssenterie, l'ischurie, la rétention d'urine, et un flux de mucosités par le canal de l'urètre. (*Voyez*, à l'article PETITE BIÈRE, p.219, quels sont les moyens de remédier à ce dernier inconvénient.)

EAUX-DE-VIE. — LIQUEURS. — Boissons les plus alcooliques et les plus échauffantes; il importe beaucoup de ne les employer que de fois à autre, et toujours à petite dose. Elles conviennent aux sujets forts, lorsqu'ils se portent bien, mais sont peu favorables aux faibles; elles nuisent aux jeunes gens, aux vieillards, aux individus sanguins, et à ceux dont les nerfs sont irritables. — Il faut éviter d'en contracter l'habitude, car la force qu'elles procurent est ordinairement suivie d'abattement et de faiblesse. Il est très malsain d'en user à jeun, et sans les accompagner d'alimens solides. Leur usage fréquent rend l'estomac paresseux, et dispose à la longue aux inflammations, aux affections nerveuses, etc.

L'abus de ces boissons abrège la vie, ou attire de bonne heure des infirmités qui la rendent malheureuse; il est une cause fréquente de l'apoplexie, de la paralysie, des maladies chroniques de l'estomac, des intestins, et du foie; de la goutte, de l'hydropisie, de l'aliénation mentale ; et c'est particulièrement vers le suicide que tendent toutes les actions du buveur en démence. Chez les individus adonnés aux boissons spiritueuses, on remarque aussi la stérilité, l'impuissance, les spasmes, les convulsions, l'épilepsie, l'émoussement et les hallucinations des sens, la combustion spontanée, etc., etc.

La meilleure *eau-de-vie* est celle que l'on retire du *vin*; elle doit avoir de 18 à 22 degrés ; elle se perfectionne en vieillissant. *L'eau-de-vie de grain* et l'*eau-de-vie de sucre*, ou *rhum*, sont plus irritantes.

« La mauvaise eau-de-vie est très souvent altérée ou falsifiée : tantôt par le mauvais état des vases de fabrication, elle contient des sels de cuivre ou de plomb; tantôt, pour donner à un alcool faible une saveur plus forte, on y fait infuser du poivre, du poivre long, de l'ivraie, du stramoine. »

« *L'eau-de-vie de pomme de terre* (Wiskey), en usage chez les Irlandais, contient une assez grande quantité de solanine et d'acide cyanhydrique, pour pouvoir causer de graves accidens. » (*Journ. des Connaiss. médico-chirurg.*)

Les *Liqueurs* se composent avec de l'alcool et du sucre, dont on modifie la saveur et l'odeur à l'aide d'aromates ou d'autres substances très sapides ; elles participent des propriétés des substances qu'on y fait entrer. Quelques-unes sont moins salubres que les eaux-de-vie, parce qu'elles contiennent souvent, outre l'alcool, des huiles essentielles, et autres principes fort actifs qui les rendent très irritantes. Parmi celles qui présentent cet inconvénient à un assez haut degré, on doit placer le *curaçao*, l'*absinthe*, l'*anisette de Bordeaux*, etc. Il faut y comprendre aussi la *crême de café*, l'*huile de vanille*, etc., qui produisent quelquefois de très mauvais effets, tout en séduisant par leur saveur douce et exquise et leur parfum délicieux.

L'*eau de noyau* et toutes les liqueurs de table, dans lesquelles il entre des amandes amères, contiennent de l'acide prussique, et pourraient, par cette raison, avoir une action très nuisible, si la dose des amandes était trop élevée.

Le *kirsch-wasser*, le *ratafia de Grenoble*, le *marasquin de Dalmatie*, sont des liqueurs préparées avec des merises ; elles renferment une petite quantité d'acide prussique, et doivent, à cause de cela, être comptées au nombre de celles dont l'abus est le plus dangereux.

Les *prunes à l'eau-de-vie*, la *liqueur d'absinthe*, doivent souvent leur belle couleur verte, soit aux vases de cuivre dans lesquels on les prépare, soit à des sous qu'on y fait séjourner à dessein, soit même au vert-de-gris qu'on y ajoute; elles peuvent alors donner lieu aux symptômes de l'empoisonnement.

« L'*eau-de-vie de Dantzick*, qu'on pare avec des feuilles d'or allié de cuivre, peut contenir, d'après M. Barruel, une certaine quantité de vert-de-gris. » *J. des Connaiss. chirurg.-médic.*, n° 1, 1838.)

« Les confiseurs ne doivent employer, pour mettre dans leurs liqueurs, que des feuilles d'or ou d'argent fin. On bat actuellement du chrysocalque, presqu'au même degré de ténuité que l'or; cette substance, contenant du cuivre ou du zinc, ne peut être employée par les liquoristes.

Quelques distillateurs se servent d'acétate de plomb ou sucre de Saturne pour clarifier leurs liqueurs; ce procédé est susceptible de donner lieu à des accidents graves, cette matière étant vénéneuse. »(Conseil de salubrité de la ville de Paris.)

CAFÉ *à l'eau.* C'est un très bon digestif; c'est la boisson par excellence pour faciliter l'exercice des fonctions intellectuelles; il donne de la gaieté, éloigne le sommeil, excite la transpiration, les urines et les selles, favorise le cours des règles, apaise les maux de tête provenant de mauvaises digestions, dissipe l'ivresse, mais ne doit être employé que de fois à autre, afin qu'il agisse d'une manière plus efficace, et ne puisse devenir cause d'accidens qui se manifesteraient tôt ou tard.

L'habitude d'en prendre tous les jours est préjudiciable au plus grand nombre des individus, parce que la torréfaction développe, dans le grain du café, un principe très actif qui donne, il est vrai, un arôme délicieux et un goût excellent à la liqueur, mais qui lui communique aussi des propriétés très excitantes et capables de nuire à la longue.

L'usage habituel du café peut convenir aux tempéraments phlegmatiques, aux personnes qui ne boivent que de l'eau, à celles dont la constitution est assez forte, dont les nerfs sont modérément sensibles et dont aucune partie du corps n'est susceptible de s'échauffer ou de s'irriter trop facilement.

Le café est nuisible aux constitutions ardentes, sanguines, nerveuses, aux personnes faibles, délicates, maigres, aux enfants, aux jeunes gens, aux vieillards, à la plupart des femmes, mais à toutes pendant la grossesse et l'allaitement. Tous ces individus ne devraient se permettre le café que de temps en temps; peut-être même feraient-ils mieux de s'en abstenir.

Lorsqu'on le prend très fort ou en certaine quantité, qu'on l'emploie même quand on a lieu de craindre ses mauvais effets; enfin, lorsqu'on en abuse, il fait naître des maladies qui diffèrent entre elles en raison des prédispositions des sujets. Les accidents qui en proviennent le plus ordinairement sont les suivants : anxiétés, pesanteurs à la région précordiale, palpitations de cœur, tremblement général, insomnie opiniâtre, mouvemens fébriles, affections nerveuses, apoplexie, paralysie, maladies de peau, hémorroïdes, hémorragies, affaiblissement de l'estomac, amaigrissement, oppression, épuisement des forces, etc., etc.

Chez les femmes, il occasionne parfois des pâles couleurs, des fleurs blanches, des fausses couches, des affections graves de la matrice, etc., etc.

On l'accuse aussi de causer la stérilité chez les deux sexes.

L'habitude de le boire excessivement chaud augmente encore ses qualités malfaisantes.

Mêlé avec du lait ou de la crême, il est moins excitant, il échauffe moins (Voyez Café au lait, page 193.)

La poudre de chicorée que l'on ajoute au café ne le rend point rafraîchissant, ne lui ôte point ses propriétés nuisibles, ainsi qu'on le pense en général; mais, comme elle est beaucoup moins active que le café, on obtient nécessairement une boisson moins échauffante, toutes les fois que l'on diminue la quantité de celui-ci, en proportion de ce qu'on y fait entrer de poudre de chicorée.

Le *café en grain* doit être choisi parfaitement sec, d'une couleur légèrement jaunâtre, parfumé, diffi-

cile à casser sous la dent, et sans aucune odeur
étrangère. Les cafés d'*Amérique* sont moins durs,
moins parfumés et moins recherchés que ceux d'*A-
rabie*. Le plus estimé, parmi ces derniers, est, sans
contredit, le café *Moka*; mais c'est aussi celui dont
l'usage habituel expose le plus aux maladies que peut
occasionner le café.

Les bons cafés acquièrent de la qualité lorsqu'on
les conserve long-temps et dans un lieu sec.

SIX TABLEAUX

RENFERMANT LES SUBSTANCES ALIMENTAIRES
LES PLUS USITÉES.

Ils réunissent :

1° LES ALIMENS FACILES A DIGÉRER,

Alimens les plus utiles aux personnes faibles et à celles qui digèrent difficilement.

2° LES ALIMENS DIFFICILES A DIGÉRER,

Alimens qui conviennent le mieux aux individus forts, et dont les digestions sont faciles.

3° LES ASSAISONNEMENS, LES PRÉPARATIONS ALIMENTAIRES ET LES BOISSONS LES PLUS SALUBRES.

Substances qui, pour l'usage ordinaire, sont les plus favorables à la santé de tous les sujets, soit faibles, soit forts.

4° LES ASSAISONNEMENS, LES PRÉPARATIONS ALIMENTAIRES ET LES BOISSONS MOINS SALUBRES,

Substances dont tous les individus ne doivent user qu'avec réserve, et, à plus forte raison, les personnes faibles.

Soit que l'on fasse choix de substances alimentaires de digestion facile ou de digestion difficile, il ne faut pas négliger de prendre en considération leurs propriétés. (Voyez p. 24.)

VÉGÉTAUX

FACILES A DIGÉRER.

Ils sont indiqués dans chaque colonne, en commençant
par les plus digestibles.

(Les chiffres renvoient aux pages de l'ouvrage.)

FARINEUX.		LÉGUMES.		FRUITS.	
Salep de Perse.	58	Épinards.	71	Raisin.	89
Arrow-root.	58	Chicorée cultivée.	71	Cerises.	90
Moussache.	58	Endive.	71	Groseilles en	
Dictame.	58	Scarolle.	71	grappes, Gades	
Sagou des Indes.	59	Laitue.	71	ou Gadelles.	90
Tapioca.	59	Oseille.	72	Orange.	91
Fécule de pomme		Haricots verts en		Poires délicates :	
de terre.	60	cosses jeunes.	73	Le Beurré , le	
Orge perlé.	60	Asperges.	73	Doyenné , la	
Riz-Cochina.	61	Cardes.	73	Crassane , le	
Semoule.	61	Cardons.	73	Saint-Germain,	
Vermicelle.	61	Chou-fleur.	74	le Bon - Chré-	
Riz.	61	Petit Chou de Bru-		tien , le Mes-	
Gruau d'avoine ,		xelles.	74	sire - Jean , le	
ou Avoine né-		Artichaut.	74	Martin-Sec, etc.	91
toyée de son		Houblon , som-		Pommes délicates:	
écorce.	62	mités de ses tiges		Le Pigeon , la	
Farines de fro-		encore jeunes.	74	Reinette, le Cal-	
ment, des pre-		Salsifis.	74	ville , le Fe-	
mières qualités.	62	Scorsonnère.	74	nouillet , etc.	91
		Carottes très		Pêches.	92
		jeunes.	75	Groseilles à ma-	
		Petits Pois verts.	75	quereau.	92
				Merises.	93
Voyez aussi :				Fraises.	93
				Framboises.	93
Maïs , ou Blé de		*Voyez aussi :*		Abricots.	93
Turquie. — Sa-				Pruneaux.	93
razin , ou Blé		Céleri. — Potiron.			
noir. — Pomme		— Pomme de			
de terre.	64	terre.	76		

II° TABLEAU.

SUBSTANCES ANIMALES

FACILES A DIGÉRER.

Elles sont indiquées dans chaque colonne, en commençant par les plus digestibles.

(Les chiffres renvoient aux pages de l'ouvrage.)

SUBSTANCES ANIMALES DIFFÉRENTES.		VIANDES.		POISSONS.	
Lait.	103	Poulet.	121	Merlan.	136
Lait de femme.	105	Lapereau.	122	Éperlan.	136
— d'ânesse.	106	Perdreau.	122	Limande.	136
— de jument.	106	Pigeonneau.	122	Carrelet.	136
— de chèvre.	107	Caille.	123	Plie.	136
— de vache.	107	Alouette.	123	Flondre.	136
— de brebis.	107	Gélinotte.	123	Flez.	136
OEufs.	108	Pluvier.	123	Flètelet.	136
Chair des poissons faciles à digérer.	109	Grives.	123	Barbue.	137
		Bec-figues.	123	Sole.	137
Viandes faciles à digérer.	109	Ortolan.	123	Huîtres.	137
		Etourneau.	123	Vive.	138
Langues.	110	Vanneau.	123	Vandaise.	138
Oreilles.	110	Merle.	123	Perche.	138
Laitances.	110	Bécasseau.	123	Carpe.	138
Ris.	110	Bécassine.	123	Bordelière.	139
Cervelle.	111	Faisandeau.	123	Ombre.	139
Fraise de veau.	111	Dindonneau.	124	Truite.	139
— d'agneau.	111	Poularde.	124	Turbotin.	139
Poumon.	111	Chapon.	124	Saumonneau.	140
Crêtes de coq.	111	Pintade.	124		
Cornes de cerf.	112	Canneton.	126		
Têtes des jeunes animaux.	112	Levreau.	126	*Voyez aussi :*	
		Chevreuil de six mois.	125	Lotte. — Sardine.	
Pieds des jeunes animaux.	112	Chevreau.	125	—Feinte.-- Mullet. — Morue.	
Pattes des jeunes volailles.	112	Agneau.	125	--Rouget.--Raie.	
		Veau.	125	—Tortue.—Grenouilles aquatiques.	140
Rognons de coq.	112	Mouton.	125		
		Bœuf.	126		

VÉGÉTAUX

DIFFICILES A DIGÉRER.

Ils sont indiqués dans chaque colonne, en commençant
par les plus digestibles.

(Les chiffres renvoient aux pages de l'ouvrage.)

FARINEUX.		LÉGUMES.		FRUITS.	
Maïs, ou blé de		Panais.	77	Figues.	95
Turquie.	64	Carottes.	77	Dattes.	95
Pomme de terre.	65	Pomme de terre.	77	Jujubes.	95
Sarrazin , ou Blé		Patates.	77	Pommes.	95
noir.	66	Chervi.	78	Poires.	96
Millet.	66	Topinambourg.	78	Prunes.	96
Farines de froment		Betterave.	78	Mûres.	97
moins blanches		Céleri.	78	Bigarreau.	97
que celles des		Chicorée.	78	Guignes.	97
premières qua-		Laitue.	78	Cormes.	97
lités.	67	Pourpier.	78	Nèfles.	97
Farine de seigle.	67	Mâches , ou Dou-		Alyses.	97
Lentilles.	68	cettes.	78	Pastèque.	98
Fèves de marais,		Chicorée sauvage.	79	Melon.	98
en complète ma-		Cresson aquatiq.	79	Potiron.	98
turité.	68	Melon.	79	Courges.	99
Haricots en grain.	68	Potiron.	79	Tomates.	99
Pois.	68	Citrouille.	79	Aubergines.	99
Chataignes.	69	Navet.	79	Concombres.	99
Marrons.	69	Chou.	79	Cornichons.	100
Orge.	69	Lentilles.	80	Citrouille.	100
Avoine.	69	Fèves de marais.	80	Chataigne.	100
		Haricots.	80	Marron.	100
		Pois.	80	Olives.	100
		Poireau.	80	Pistaches.	100
Voyez aussi :		Oignon.	80	Noix.	101
		Raves. — Radis.	81	Noisettes.	101
Noix.— Noisettes.		Morilles.	81	Avelines.	101
. — Amandes.	88	Truffes.	81	Amandes.	101
		Champignons.	81		

IVe TABLEAU.

SUBSTANCES ANIMALES

DIFFICILES A DIGÉRER.

Elles sont indiquées dans chaque colonne, en commençant par les
plus digestibles.

(Les chiffres renvoient aux pages de l'ouvrage.)

SUBSTANCES ANIMALES DIFFÉRENTES.		VIANDES.		POISSONS.	
Chair des poissons		Poule.	127	Feinte.	141
difficiles à digé-		Lapin.	127	Lotte.	141
rer.	113	Dinde.	127	Sardine.	142
Viandes difficiles		Faisan.	128	Mulet.	142
à digérer.	113	Perdrix.	128	Surmulet.	142
Foie.	113	Pigeon.	128	Turbot.	142
Moëlle.	114	Mouton.	129	Morue.	142
Graisse.	114	Bœuf.	129	Rouget.	143
Lard.	133	Chevreuil.	129	Raie.	143
Rognons.	114	Lièvre.	129	Truite.	143
Cœur.	114	Sarcelle.	130	Carpe.	143
Sang.	115	Canard.	130	Perche.	143
Gésier, ou 2me es-		Oie.	130	Bar.	144
tomac des gra-		Poule d'eau.	130	Hareng	144
nivores.	115	Bécasse.	130	Goujon.	144
Intestins, tripes.	115	Râle d'eau.	130	Brochet.	144
OEufs de poissons.	116	Macreuse.	130	Barbillon.	145
Rate.	116	Mouette.	131	Brême.	145
Tête.	116	Coq de bruyère.	131	Tanche.	145
Pieds.	116	Outarde.	131	Alose.	145
Pattes.	116	Paon.	131	Maquereau.	145
Peau.	117	Cygne.	131	Moules.	146
Ligamens.	117	Daim.	132	Crevette.	147
Aponévroses.	117	Cerf.	132	Sallicoque.	147
Tendons.	117	Sanglier.	132	Écrevisse.	147
Cartilages.	117	Marcassin.	132	Homard.	147
Os.	117	Cochon.	132	Anguille.	147
		Chèvre.	132	Saumon.	148
				Esturgeon.	148
				Thon.	148

ASSAISONNEMENS, PRÉPARATIONS ET BOISSONS

LES PLUS SALUBRES.

(Les chiffres renvoient aux pages de l'ouvrage.)

ASSAISONNEMENS.		PRÉPARATIONS.		BOISSONS.	
Lait.	151	Bouillie.	173	Eau pure.	208
Crême.	151	Potage.	173	— de rivière.	210
Beurre.	152	Soupe.	174	— de pluie.	210
Huile.	154	Crême de pain.	177	— de fontaine.	211
Graisse.	155	Pain.	175	— filtrée.	211
Jaune d'œuf.	155	Biscuit.	178	Eau mêlée avec du	
Sucre.	156	Échaudé.	178	lait.	212
Cassonnade.	156	Fruits cuits.	179	Eau sucrée.	213
Caramel.	156	Légumes cuits.	179	Boissons acidu-	
Miel.	156	Bouillons maigres.	180	lées, comme Li-	
Sel.	157	Bouillons gras.	181	monade, Oran-	
Vinaigre.	157	Gelées animales.	182	geade, Eau de	
Verjus.	157	Gelées de viandes.	182	groseilles, Eau	
Limons.	157	Viande mortifiée.	183	de cerises.	213
Groseilles à ma-		— bouillie.	184	Orgeat.	213
quereau.	157	— étuvée.	185	Thé.	214
Oseille.	157	— rôtie.	185	Infusions légères	
Persil.	158	Poisson à l'étuvée.	186	de fleur de til-	
Cerfeuil.	158	— bouilli.	186	leul, de feuilles	
Sarriette.	158	— rôti.	187	d'oranger ; de	
Estragon.	158	Œufs à la coque,		feuilles de ca-	
Fl. de capucine.	158	et œufs cuits		pillaire; de véro-	
Thym.	158	mollets.	188	nique officinale,	
Serpolet.	158	Crême fouettée.	152	de mélisse, de	
Sauge.	158	Caillé ou mattes.	188	petite sauge ,	
Romarin.	158	Fromages blancs		de vulnéraire	
Panais.	158	nouveaux.	188	suisse , etc.	216
Laurier-sauce.	158	Sauce à l'huile.	189	Eau rougie.	216
Poireau.	159	Sauce blanche.	189	Petit Cidre.	217
Ognon.	159			Bière légère.	217

VIe TABLEAU.

ASSAISONNEMENS, PRÉPARATIONS ET BOISSONS

MOINS SALUBRES, EN GÉNÉRAL, QUE LES PRÉCÉDENS.

(Les chiffres renvoient aux pages de l'ouvrage.)

ASSAISONNEMENS.		PRÉPARATIONS.		BOISSONS.	
Canelle.	160	Chocolat.	192	Vins.	222
Vanille.	160	Café au lait.	193	— rouges.	228
Safran.	160	Soupe à l'ognon		— blancs.	232
Muscade.	160	roussi dans le		— mousseux.	233
Moutarde.	160	beurre.	194	— de liqueur.	234
Gingembre.	160	Pâtisseries diffi-		— falsifiés.	236
Poivre.	160	ciles à digérer.		Piquette.	239
Piment.	160	— échauffantes.	195	Hydromel vineux.	239
Clou de girofle.	160	Dragées.	197	Gros cidres.	239
Ciboule.	160	Fruits secs.	198	Poirés.	240
Civette.	160	Fruits confits au		Bière forte.	240
Rocambolle.	160	sucre.	198	Eaux-de-vie.	241
Échalottes.	160	— à l'eau-de-vie.	198	— de grain.	242
Ognon.	160	Jus de viandes.	199	— de pommes de	
Ail.	160	Consommés.	199	terre.	242
Cresson alénois.	160	Viande lardée.	200	Rhum.	242
Cochléaria.	160	— imprégnée		Liqueurs.	243
Raifort.	160	d'huile.	200	— renfermant de	
Truffes.	161	— marinée au		l'huile essen-	
Champignons.	161	vinaigre.	200	tielle : Curaçao,	
Morilles.	161	— très faisandée	200	anisette de Bor-	
Substances confi-		— salée, fumée.	200	deaux, crème	
tes au vinaigre :		Charcuterie.	201	de vanille, etc.	243
câpres, corni-		Œufs durs.	202	— renfermant de	
chons, etc.	161	Fromages fermen-		l'acide prussi-	
Substances mari-		tés.	202	que : kirsch-	
nées : olives,		Friture.	203	wasser, noyau,	
sardines, hui-		Roux.	204	etc.	243
tres, etc.	161	Sauces piquantes		Liqueurs dont il	
Viande, poisson,		ou très relevées.	204	faut se méfier.	244
salés ou fumés.	162	Glaces.	204	Café à l'eau.	244

TROISIÈME PARTIE.

PRÉCEPTES

POUR RÉGLER L'USAGE DES ALIMENS,

OU NOTIONS

CONCERNANT LE RÉGIME ALIMENTAIRE.

J'ai appelé l'attention sur la nécessité de régler le choix et l'usage des alimens, page 1.

J'ai fait connaître ensuite les principales règles pour faire le choix, selon la constitution des individus, leur âge, leur sexe, leurs prédispositions, leur genre de vie, et autres circonstances, page 17.

Et, afin de faciliter les recherches et les moyens de choisir parmi le très grand nombre de substances employées comme aliment, je les ai indiquées dans

17

un ordre méthodique, et avec des renseignemens indispensables sur chacune d'elles. (Voyez la deuxième
partie p. 51, et les tableaux qui la terminent,
p. 249.)

Maintenant je vais exposer des préceptes pour régler
l'usage de ces substances. Ils sont utiles pour fixer les
bases du régime alimentaire, pour instruire des changemens qu'il doit subir de fois à autre, et de ceux que
réclament diverses circonstances accidentelles, enfin,
pour éclairer sur ce qui favorise le succès des repas.

Je terminerai par quelques notions nécessaires au
succès des alimens, en ce qui regarde l'usage des autres
choses essentielles à la vie, telles que l'air, les vêtemens, les exercices, le sommeil, etc., etc.

DE L'EMPLOI DES DIFFÉRENTES SUBSTANCES ALIMEN-
TAIRES.

Emploi des végétaux, ou des farineux, des légumes et des fruits.

Entre les alimens placés au même rang sous le
rapport de leur digestibilité, ceux qui viennent des
végétaux sont presque toujours de digestion plus
lente que ceux que l'on tire des animaux; cependant,
la digestion des végétaux peut être également facile,
quoique moins prompte, et, lorsqu'on les digère bien,
ils doivent généralement s'employer en plus grande
quantité que les substances animales, parce qu'ils

fournissent une nourriture qui tempère davantage, expose moins aux maladies, prolonge l'existence, et donne au caractère plus de douceur.

On reproche à tort aux végétaux de nuire au développement des forces, puisqu'en tous pays ils sont les principaux alimens de la classe laborieuse et livrée à des travaux pénibles. Comme autre preuve de leur succès à titre de fortifians, je dirai que, chez les Grecs et chez les anciens en général, les athlètes parvenaient à une plus grande vigueur en se nourrissant de végétaux et s'abstenant de vin. (Voyez *Hygiène* du professeur Rostan, Introd., p. 24.) Mais je dois dire aussi que les végétaux de la Grèce et des pays méridionaux sont plus substantiels que ceux de nos contrées.

Chez les divers peuples, les *farineux* composent les alimens les plus usités ; on les regarde avec raison comme des plus favorables à l'entretien et à l'accroissement de toutes les parties du corps.

L'usage des *légumes* est fort salubre ; ils sont plus nutritifs lorsqu'on les prépare avec quelques substances animales.

Quant aux *fruits*, on doit les employer avec certaine réserve et s'assurer qu'ils réussissent ; il ne faudrait pas, sans motifs particuliers, en faire sa principale nourriture. Il est bon d'en manger peu à la fois, et presque toujours avec le pain.

On appelle communément crudités, les légumes et

les fruits que l'on mange crus. Les crudités sont, en général, difficiles à digérer, et, lors même qu'on les choisit parmi les végétaux les plus digestibles, elles conviennent peu aux personnes délicates.

Emploi des substances animales, ou des viandes, des poissons et des produits animaux.

Les *viandes* développent, à la vérité, plus de chaleur que les végétaux, mais, lorsqu'on en consomme beaucoup, la vie a moins de durée, les maladies inflammatoires sont plus fréquentes, et le caractère devient plus impatient, plus sujet à la colère. Théophraste dit que manger beaucoup et manger de la viande, fait perdre la raison, rend l'esprit lourd, et le jette dans une aliénation fâcheuse. (*Philos.*, liv. V.)

Buchan recommande de ne faire usage de viande qu'une fois par jour, et que cette viande ne soit que d'une seule espèce.

Les *poissons*, les *œufs* et le *lait* sont substantiels et salubres. Ils développent moins de chaleur que les viandes, et s'emploient avec avantage pour les remplacer de temps en temps, afin de prévenir les mauvais effets de leur usage continué.

Emploi des assaisonnemens, des préparations alimentaires et des boissons.

Les plus salubres facilitent le mieux la digestion

des alimens, sans les dénaturer. Ils forment, dans la deuxième partie de cet ouvrage, la première section de chacune de ces trois divisions alimentaires. Ils sont les plus convenables à la santé de tous, et méritent la préférence pour l'usage ordinaire ; c'est une règle dont les personnes faibles ne doivent guère s'écarter. Les personnes fortes, elles-mêmes, ne peuvent l'enfreindre qu'en y mettant de la réserve.

Ceux qui sont moins salubres dénaturent souvent les alimens, et les rendent ou échauffans ou de difficile digestion. Leur emploi habituel nuit à un grand nombre de sujets ; il faut d'autant plus s'en méfier, que les individus sont plus faibles ; car alors ils ne peuvent digérer avec facilité les substances qui exigent de l'énergie dans les fonctions digestives, ni supporter sans inconvénient l'action excitante de celles qui développent beaucoup de chaleur animale. Ils ne doivent donc user, ni des unes, ni des autres, qu'avec certaine mesure. En outre, les sujets forts, mais ardens, très irritables, ne devront pas être moins réservés à l'égard de celles qui échauffent.

Et si, à l'habitude des assaisonnemens, des préparations et des boissons moins salubres, on joint encore l'emploi peu mesuré des viandes ou des mets succulens, ce genre de nourriture est extrêmement préjudiciable ; il favorise et même produit la surabondance des humeurs en général, et du sang en

particulier; il peut occasionner un excès d'embonpoint accompagné de gêne dans la respiration et
dans les mouvemens; il dispose à une foule de maladies, soit aiguës, soit chroniques, parmi lesquelles
on distingue les inflammations, les hémorrhagies,
l'apoplexie, les hémorroïdes, la goutte, les dartres,
etc, etc. Il influe aussi très défavorablement sur le
moral, excite les passions, aigrit le caractère, le
rend plus irascible; il attire de ces lésions orga-
niques qui nuisent à la justesse dans les idées, causent
de grandes tristesses sans chagrins réels, des mélan-
colies noires, font éprouver l'ennui, le dégoût de la
vie, et parfois conduisent au suicide.

Des habitudes en ce qui concerne les alimens.

On doit tenir compte des habitudes, en ce qui concerne les alimens, toutes les fois qu'elles concordent
avec la santé des sujets; mais elles ne méritent toute
confiance que si les viandes et les excitans ne sont employés qu'avec modération; car, lorsqu'on en use en
grande quantité, ils peuvent attirer de très graves
maladies, en paraissant produire les plus heureux
effets. Voyez Viandes, page 118; Assaisonnemens,
page 159; Boissons, page 222.

Quelle que soit l'habitude contractée, il ne convient
de faire usage, ni d'alimens difficiles à digérer, lorsque les digestions sont difficiles, ni d'alimens très

substantiels lorsqu'il existe une pléthore excessive ;
il ne faut pas, non plus, sans beaucoup de réserve,
adopter l'emploi des substances stimulantes, lorsque
les nerfs sont très excitables, ou que la poitrine,
l'estomac ou d'autres organes principaux, s'échauffent
et s'irritent avec facilité.

Il y a pourtant, à ce sujet, des circonstances assez
rares où l'on est obligé de conserver des habitudes
évidemment vicieuses en général; c'est lorsqu'elles sont
devenues une condition sans laquelle les alimens ne
peuvent réussir; hors ce cas, il faut toujours tenter
de modifier, et même de changer celles qui ne sont
pas en harmonie avec la constitution et les prédispositions particulières; mais il importe souvent de le
faire d'une manière lente, successive et peu sensible.

MODIFICATIONS, CHANGEMENS PASSAGERS DANS LE RÉGIME ALIMENTAIRE.

Régime maigre, Jeûne, Abstinence.

Institutions de l'Église romaine qui prescrivent de
s'abstenir de viande, de vivre plus frugalement que
de coutume, et même de se priver de nourriture une
partie du jour, ces modifications dans le régime ordinaire, tempèrent les mouvemens du sang, diminuent sa quantité, et l'abondance des autres humeurs;
elles peuvent, étant adoptées de loin en loin, con-

server, affermir, même rétablir l'équilibre des fonctions ; elles préviennent les inconvéniens de la continuité d'un régime habituellement substantiel ; elles
offrent, contre les maladies, des moyens préservatifs
bien des fois préférables aux saignées et aux médecines
de précaution ; et, si elles ne garantissent pas toujours
des affections aiguës, comme les inflammations, les
hémorrhagies, etc., elles ont au moins l'avantage d'en
diminuer la gravité ; elles sont utiles au plus grand
nombre des sujets, mais particulièrement à ceux qui
ont l'habitude de la bonne chère, à ceux qui
font peu d'exercice, aux personnes grasses, sanguines, pituiteuses ou sujettes à des étourdissemens ;
aux individus menacés d'hémorroïdes, de rhuma-
tismes, de goutte, d'apoplexie, de paralysie, d'affections comateuses, d'épilepsie, de mélancolie,
d'hypocondrie, etc., etc.

« On remarque, dans la *Pratique de la Médecine*,
dit Baglivy, que quelques personnes affectées de
fluxions et de maladies chroniques, se rétablissent
pendant le Carême, et retombent dans les mêmes
accidens après Pâques, à cause de l'usage des viandes.
On observe encore que l'usage des légumes, des
plantes potagères, des poissons et autres alimens de
même espèce, usage qui est tombé dans l'oubli,
guérit certaines maladies que les alimens d'un bon suc
augmentent et aigrissent. » (*Opera med.*, p. 388.)

« Les histoires font encore foi que beaucoup de personnes qui étaient valétudinaires dans leur bas âge, ont si bien rétabli leur santé sans le secours des remèdes, et seulement avec celui d'un régime sobre, d'alimens peu nourrissans et de la tempérance dans l'usage du boire et du manger, qu'ils ont prolongé une vie exempte de toute maladie de l'ame et du corps, jusqu'à 80 ans, 90 et même au-delà.» (*Fr. Hofmann, Méd. rais.*, t. 9, p. 221.)

Lieutaud, premier médecin de Louis XVI, rapporte (dans son *Précis de Médecine pratique*, t. II, p. 342), qu'un goutteux de 60 ans, qui était perclus des mains et des pieds, s'étant condamné à un régime austère, s'accoutuma insensiblement à ce régime, et eut, dans la suite, la satisfaction d'avoir guéri radicalement une goutte ancienne et cruelle; il recouvra même l'usage de ses pieds et de ses mains, comme dans la plus parfaite santé.

« L'abstinence, la sobriété ou l'usage d'alimens peu nourrissans (ce sont les termes de Fernel), ouvre les pores et fait transpirer, résout les obstructions, met en mouvement et fait sortir les vents, les excrémens grossiers, les urines, et les matières excrémenteuses du cerveau et de toutes les parties. Si un corps est abreuvé de beaucoup d'impuretés, l'abstinence digère et corrige les crudités, consomme, fait sortir en vapeur les humeurs déliées et inutiles, et fait rentrer dans la circulation celles qui sont épaisses et fortement adhérentes à chaque partie. » (*De Morb. caus.*, liv. 1, p. 210.)

La faim est d'une grande efficacité pour conserver la santé des hommes. (Hippocrate , *Lib. de prisc. Méd.*)

Le professeur Bosquillon nous dit, dans sa traduction des *Aphorismes d'Hippocrate*, p. 198, qu'il est souvent utile, comme le pratiquaient les anciens Romains, de s'abstenir de nourriture pendant un jour, pour ranimer l'action de l'estomac.

Voici ce qu'on lit dans Pline : « L'abstinence faite à propos, est extrêmement favorable à la conservation de la santé ; elle est aussi très efficace pour son rétablissement, car c'est le remède de la plénitude, c'est-à-dire des personnes grasses et pituiteuses ; et elle guérit les vices produits par la pituite, tels que l'aploplexie, l'épilepsie, les affections comateuses, les vertiges et autres maladies de cette espèce. » (*Hist. Natur.*, t. xviii, chap. 5.)

On voit, par ces citations, que les personnes faibles n'ont point à craindre, ainsi qu'on le pense en général , que le maigre et le jeûne leur soient contraires ; cependant, comme le jeûne produit chez elles plus promptement son effet, elles doivent l'observer avec peu de rigueur, surtout quand elles vivent sobrement.

On se procure les avantages du jeûne, et l'on évite ses inconvéniens, si l'on se permet quelques boissons adoucissantes, ou même seulement de l'eau pure.

Quelques personnes accusent le maigre d'être échauffant ; mais comment le serait-il, puisqu'il se compose de végétaux, de poissons, d'œufs et de lait, qui, la plupart, sont des substances tempérantes? Il ne peut donc échauffer, que si on y ajoute trop d'épices ou l'usage plus fréquent des roux, du café et des boissons spiritueuses; ou bien encore s'il est composé d'alimens que l'on digère avec peine; tels sont souvent les farineux secs, les crudités, etc., qui, chez certains individus, fatiguent l'estomac et les intestins, les échauffent à la longue, et même les irritent.

Plutôt que d'avoir recours à des assaisonnemens relevés et à des boissons excitantes, pour aider la digestion du maigre, il vaut mieux le choisir parmi les alimens plus faciles à digérer; et, si cette attention est insuffisante, manger moins à chaque repas.

Lorsque l'usage des alimens maigres a été très prolongé, il est bon que celui des viandes ne soit repris que par degrés.

Circonstances accidentelles qui réclament des changemens passagers dans le régime alimentaire.

La durée des épidémies, la température de l'air, lorsqu'elle est extrême pendant long-temps, ou qu'elle éprouve de grandes variations, par exemple de celles qui se font subitement de plus de 12 degrés (thermomètre de Réaumur); les fatigues extraordinaires du corps ou de l'esprit; les émotions fortes; les sensations très vives; enfin, toutes les choses portées

à l'excès, sont autant de circonstances qui réclament qu'on redouble de sobriété et que l'on choisisse des alimens plus doux et plus légers, ce changement dans le régime tend à favoriser les fonctions
digestives, à modérer l'excitabilité des organes et à
les rendre ainsi moins sensibles à l'action de ces diverses causes véritablement morbifiques.

Doit-on rechercher, pendant l'hiver ou les temps
froids, une nourriture plus substantielle et plus
échauffante que de coutume ?

L'homme aurait-il à souffrir, si, pendant l'hiver,
il n'employait pas des excitans plus actifs ? Un peu de
repos pendant la durée de cette saison, serait-il nuisible à ses organes ? N'en deviendraient-ils pas, au
contraire, mieux disposés à supporter les variations
de température qui se manifestent au printemps, et
sont si souvent les causes déterminantes d'une foule
de maladies ?

Je ferai remarquer que l'hiver est une saison meurtrière, la saison des apoplexies, des paralysies, des
fluxions, des catarrhes, des inflammations, etc., etc.,
et que les prédispositions à ces maladies sont encore
augmentées par l'usage des mets plus substantiels et
plus stimulans.

Les individus forts et en bonne santé n'ont pas à
craindre, sans doute, l'emploi, pour quelque temps

seulement, d'une nourriture plus cordiale et plus
excitante que de coutume; ils pourront donc en user
pour supporter avec moins de peine les impressions
du froid, surtout du froid humide; mais je pense
que ce changement dans leur régime habituel leur
est alors plus souvent agréable que nécessaire, et je
doute qu'il ne soit pas nuisible par sa continuité.

Les observations que j'ai faites dans le Nord, chez
les Russes et chez les Tartares, me portent à croire
que, pour résister aux climats froids, il n'est pas aussi
indispensable, que nous le disent la plupart des auteurs,
d'user des viandes et des boissons alcooliques, et même
qu'on s'appuie avec trop de confiance sur l'exemple
des septentrionaux pour conseiller en nos pays d'a-
dopter cet usage plus particulièrement pendant l'hiver.
(*Voyez* p. 220.)

Pour ce qui est des sujets faibles, délicats, ils ont,
plus que d'autres, à redouter l'influence du froid.
Elle diminue leur transpiration cutanée, et leur est
généralement très nuisible. Lors donc qu'ils s'y trouvent soumis, doivent-ils faire usage de substances
alimentaires plus échauffantes et qui contiennent
aussi plus de sucs nourriciers? Des substances de
cette nature ne pourraient-elles pas irriter, en excitant beaucoup trop la chaleur et la sensibilité de
quelques parties du corps déjà mal disposées par la
température?

Une précaution utile pendant l'hiver, eu égard à

la nourriture des personnes délicates, c'est de rechercher des alimens plus faciles à digérer, et des boissons ou des infusions chaudes, et de favoriser encore
les digestions par des repas plus légers.

DES REPAS.

Les alimens même les plus en rapport avec la
constitution et les prédispositions individuelles, ne
pourront être salutaires, si les repas sont mal réglés,
si on les fait avec trop de précipitation ou trop abon-
dans, si la température des mets n'est pas convenable, etc., etc. On doit donc s'assujétir à des préceptes sur les repas. La plupart de ceux que j'exposerai ici ont été recueillis dans le *Traité d'hygiène* du
docteur Deslandes, dans les ouvrages de Hallé, de Fr.
Hoffmann et d'autres auteurs généralement estimés.

Il faut prendre les repas chaque jour, à la même
heure.

Selon Tissot, les personnes faibles doivent éviter
la diversité des mets, ou ne se permettre que deux
ou trois plats à chaque repas, et celles qui se bor-
nent à un seul font encore mieux. Ces préceptes
sont favorables à tout le monde; cependant, un peu
de diversité dans les mets devient utile aux individus
qui ont besoin de corriger les effets d'un aliment par
ceux d'un autre; par exemple, l'effet des viandes par
celui des légumes ou des fruits, et réciproquement.

Le dessert ne peut convenir que si les substances dont on le compose ne sont pas trop variées, et de nature à faire naître un appétit factice qu'il serait nuisible de satisfaire.

Tissot désapprouve l'habitude de prendre des liqueurs à la fin du repas; en effet, lorsqu'on a lieu de craindre que la digestion ne se fasse mal, il est préférable de régler en conséquence le choix et la quantité des alimens.

Il est très salubre de faire usage des soupes en commençant les repas; elles apaisent promptement les impressions de la faim, se digèrent avec facilité et préparent l'estomac à recevoir les choses plus résistantes et plus capables de nourrir, qui se mangent ensuite.

Il faut composer le souper de substances plus digestibles que celles des autres repas. On y recommande les bouillons, les potages, les œufs frais à la coque; il doit toujours être léger, car l'expérience prouve chaque jour la vérité du proverbe : petit souper, bon sommeil. Et même, il est de remarque que beaucoup de personnes faibles, délicates ou sédentaires, se trouvent bien de dîner assez tard pour supprimer ce repas.

Du nombre des repas.

Comme l'estomac digère mieux lorsqu'il est peu chargé d'alimens, il vaut mieux multiplier les repas

que de manger beaucoup à la fois ; cependant, il faut
éviter qu'ils soient trop rapprochés ; il est nécessaire
d'en fixer le nombre d'après l'âge des individus, leur
constitution, l'exercice auquel ils se livrent, etc.

Les personnes affaiblies doivent rapprocher les
repas, si elles ont de l'appétit et qu'elles digèrent
bien ; manger peu et souvent, sera la règle qu'elles
suivront.

Les sujets dans la vigueur de l'âge, ceux qui se
livrent à des travaux pénibles, sont obligés, pour
entretenir leurs forces, de prendre des alimens trois
fois par jour.

Les individus sédentaires, ceux qui digèrent
lentement, se trouvent mieux de ne faire que deux
repas.

Les vieillards doivent manger moins et plus souvent, à mesure qu'ils avancent en âge.

Les enfans ont besoin, en général, de faire quatre
repas.

De la Tempérance, et de la quantité d'alimens qu'il convient de prendre.

User sobrement d'alimens favorables à la disposition particulière, est la condition la plus avantageuse
pour conserver la santé, prolonger la vie, et entretenir l'aptitude aux travaux du corps et de l'esprit.
Il serait facile de s'en convaincre par de nombreux

exemples, si l'on portait ses regards sur les diverses classes de la société; mais je citerai de préférence des hommes qui se sont signalés aux yeux de tous par les immenses services qu'ils ont rendus. Socrate, Zénon, Platon, Plutarque, Galien, l'empereur Auguste, Newton, qui ont atteint un âge très avancé, vivaient avec une sobriété extrême, et, par ce moyen, se maintenaient toujours dispos, soit pour l'étude, soit pour les affaires. Charron rapporte que le roi Masinissa, qui eut la réputation d'homme très sobre, devint père à quatre-vingt-six ans, et à quatre-vingt douze, vainquit les Carthaginois. Cyrus, César, l'empereur Julien, ont été remarqués pour leur sobriété. Virgile, Cicéron, le cardinal Pallavicini, Barthole, le célèbre Gassendi, durent à la tempérance leurs succès et leur gloire immortelle.

« La tempérance est non-seulement une des sources fécondes de la santé et de la longévité, mais elle doit encore être regardée comme la mère et le palladium des autres vertus et de la bonne disposition de l'esprit; elle épure les sens, donne de l'agilité au corps, rend l'entendement vif, la pensée prompte, la mémoire heureuse, les mouvements libres et les actions faciles. Par elle, l'ame comme dégagée de la matière qui l'entrave, jouit d'elle-même et contemple les objets sous leur véritable point de vue. » (Hyg. de Tourtelle, t. 2, p. 289.)

« C'est par la tempérance que Pythagore met con-

18

stamment les hommes en harmonie avec leur suprême destinée. C'est par la tempérance qu'il fait résister leur cœur à toutes les atteintes du découragement et du désespoir. »

« Il avait la conviction que les sucs de viandes contribuent à rendre la méchanceté robuste, et que le vin est contraire à la modération aussi bien qu'à la pureté de l'ame. Il envisageait la sobriété comme le plus puissant moyen conservateur, non-seulement pour les premiers temps de la vie, mais encore pour l'âge avancé. [1] » (Alibert, *Physiologie des Passions*, t. 1er, p. 215.)

« De longues expériences avaient appris aux anciens que la science diététique composait une grande partie de la science morale. Chez les Egyptiens, chez les anciens Perses, chez les Grecs, même à l'aréopage, on ne traitait les affaires graves qu'à jeun; et l'on a remarqué que chez les peuples où l'on

---

[1] « Pythagore est un des plus grands philosophes de l'antiquité, et en même temps, de l'aveu de Galien, un des hommes qui aient eu les plus vastes connaissances en médecine. »

« Il était infiniment éloigné de ce caractère dur et austère, et ridiculement superstitieux, qu'on lui a mal-à-propos attribué. »

Il recommandait un régime particulier, qui « peut avoir l'avantage de prévenir, de guérir ou au moins d'adoucir certaines infirmités souvent rebelles et fâcheuses. » (Extraits du *Dict. de Macquart*, t. 2, p. 422.)

« Ce régime n'est, aux yeux du médecin, qu'un régime adoucissant. » (Barbier, *Hyg.*, t. 2, p. 116.)

délibère dans la chaleur du repas ou dans la fumée
de la digestion, les délibérations étaient fougueuses,
turbulentes et leurs résultats fréquemment dérai-
sonnables et perturbateurs.» (Volney, *De la Loi na-*
tur., chap. *De la tempérance.*)

L'usage d'une trop grande quantité d'alimens,
même les plus salubres, nuit au libre exercice de
l'intelligence, à la rectitude du jugement; il rend
paresseux, et attire tous les maux qui résultent de
digestions difficiles (voyez page 21). Il n'est jamais
plus dangereux que lorsqu'on a souffert une longue
faim; la retraite de Russie, en 1812, m'en a fourni
de nombreux exemples.

L'habitude de l'intempérance ruine le corps,
abrutit l'esprit et déprave le cœur.

«Les fainéans, lascifs, grands mangeurs, dit Charron, n'ont pour progéniture que filles ou hommes
efféminés et lâches, comme raconte Hippocrate des
Scythes.» *(Traité de la Sagesse*, liv. III, ch. XIV.)

« L'intempérant végète dans une sorte d'abrutissement qui le conduit par degrés insensibles à une
mort triste et douloureuse; son ame se ferme aux
vrais plaisirs; mille dégoûts l'inquiètent, et son temps
s'écoule dans les digestions pénibles d'un organe qui
semble n'obéir qu'à regret. » (Alibert, *Physiol. des*
Passions, t. 1er, p. 211.)

Il est difficile de déterminer la quantité d'alimens
qu'il convient de prendre; car ce qui est modéré

pour quelques-uns, serait excès pour d'autres :
Hippocrate dit avec raison que ce n'est ni le poids
ni la mesure qui peut servir de règle, et que la seule
manière d'acquérir toute certitude possible, est de
consulter le sentiment intérieur du corps. Pour cela,
il devient utile de se rappeler ce qui est indiqué au
sujet des digestions, page 21.

Les auteurs anciens conseillent aux individus
en bonne santé et bien constitués, de changer
quelquefois leur manière de vivre ; tantôt d'excéder
la stricte mesure du besoin, tantôt de prendre moins
que ne le demande l'appétit.

Préceptes à observer avant le repas.

On ne doit prendre d'alimens que quand on y est
sollicité par l'appétit ou par toute autre sensation
que l'on a reconnue pour être dépendante du besoin
de nourriture, comme des tiraillemens ou de la pesanteur dans la région de l'estomac, des maux de
tête, etc. Mais il ne faudrait pas attendre que le
désir des alimens fût porté trop loin ; l'estomac se
trouverait alors trop excité ; et, lorsque la faim est
incommode, il vaut mieux la modérer d'abord par un
bouillon ou un verre d'eau sucrée, que de faire usage
d'alimens solides. C'est une précaution à ne pas négliger à l'égard des convalescens et des personnes
très délicates.

Il faut se méfier des besoins irréguliers, parce qu'ils annoncent une sensibilité extraordinaire des organes digestifs; il faut craindre de même l'aversion habituelle pour les alimens, car elle est aussi l'indice d'une altération de ces organes.

Les stomachiques employés à dessein d'exciter l'appétit, sont souvent préjudiciables, parce qu'ils font prendre plus que les forces de l'estomac ne peuvent digérer.

Il est contraire à la santé de manger sans appétit ou sans besoin, et seulement pour flatter le goût, ou dans la crainte de perdre des forces.

Le calme, au physique et au moral, est toujours avantageux au moment du repas. On ne doit point faire usage d'alimens aussitôt après avoir éprouvé une émotion très vive, quelque grande fatigue ou une forte agitation du corps ou de l'esprit; il faut, premièrement, ramener le calme par un peu de tranquillité.

Mais les personnes qui sont dans le repos depuis un certain temps, ou livrées à des occupations sédentaires, doivent faire un peu d'exercice avant de se mettre à table.

Que l'on prenne les repas dans un lieu dont l'air est pur et tempéré, que la propreté règne dans nos alimens, sur nous-mêmes, et sur tout ce qui nous environne.

Préceptes à observer pendant le repas.

Pour juger de la digestibilité et des propriétés des alimens préparés, il faut avoir égard aux différentes substances dont ils se composent, et aux changemens que ces substances ont éprouvés à cause de la préparation.

Les mets se digèrent moins bien étant réchauffés que lorsqu'ils sont apprêtés nouvellement.

Toutes choses égales d'ailleurs, les mets froids sont, en général, moins digestibles que ceux qui se mangent chauds.

Il est dangereux d'user souvent d'alimens d'une température très élevée, comme le font beaucoup de personnes lorsqu'elles prennent le café, le thé, des potages, etc. Il ne convient pas non plus d'introduire précipitamment dans l'estomac des substances à la glace ou des boissons très froides.

Lorsqu'on fait usage des alimens ou des boissons, leur température ne doit guère dépasser 38 degrés Réaumur (48 centigrades).

Chez quelques individus, on observe que les boissons réussissent mieux un peu chaudes ou dégourdies, que lorsqu'elles sont froides; c'est particulièrement pendant l'hiver, et quand ils usent de celles qui n'ont pas fermenté.

On doit prendre les repas avec tranquillité, et ne

s'y entretenir que de choses agréables. Que l'on mâche bien les alimens, et que l'on boive de temps en temps, pour qu'ils soient suffisamment délayés; enfin, que l'on satisfasse l'appetit, sans aller jusqu'à satiété.

« C'est dans les maladies de longue durée, dit Lorry, qu'il est essentiel de sortir des repas avec appétit et facilité à manger encore si l'on suivait son goût. L'aliment ne doit exciter aucun symptôme extérieur quand on l'a pris, et la règle générale que je serais tenté d'établir dans ces maladies, est que l'aliment ne doit pas augmenter la chaleur que l'action de la nature a déjà produite; au contraire, il est naturel qu'il procure un sentiment de fraîcheur.» (*Essai sur les Alim.*, t. 2, p. 410.) Il ne faudrait pas confondre le sentiment de fraîcheur, dont parle ici Lorry, avec les frissons qui accompagnent les digestions laborieuses.

Préceptes à observer après le repas.

Il est favorable à la digestion de rester un moment assis après le repas, ou de se promener à pas lents; et ensuite, de faire un exercice modéré. Mais on s'exposerait à troubler les fonctions digestives, si, en sortant de table, on se livrait tout aussitôt à des travaux fatigans, à des courses précipitées, à de très vives sensations, à une forte application d'esprit, ou à des impressions pénibles du froid ou de la chaleur.

De l'habitude de dormir après le repas.

Il y a des individus qui, lorsqu'ils vivent avec sobriété, n'ont point à craindre d'inconvéniens de dormir immédiatement après le repas; ce sont les personnes affaiblies par des maladies, celles qui sont épuisées par de grandes fatigues, celles qui se trouvent sous l'influence d'une température excessivement chaude, les petits enfans, les vieillards arrivés à la caducité; mais, en général, il ne convient point à d'autres d'en contracter l'habitude, car elle dispose à l'apoplexie, à la paralysie, etc., etc.

Elle est dangereuse surtout pour les sujets sanguins, ceux qui font bonne chère ou qui mangent beaucoup, et ceux dont les digestions sont presque toujours pénibles.

Les convulsions, les maladies du cerveau, si communes chez les enfans, ont assez souvent pour cause l'excès de sommeil que leur occasionne une nourriture trop abondante ou trop peu digestible, pour leur âge ou leur constitution.

Le plus ordinairement, le besoin de dormir après voir mangé, indique une digestion laborieuse; et, dans ce cas, on se trouve mieux quand on l'a satisfait; mais les accidens que peut attirer, à la longue le sommeil qui suit le repas, obligent d'user de précautions pour prévenir ce besoin. Les meilleures sont de prendre une moins grande quantité d'alimens à la fois, de les choisir plus faciles à digérer, et moins nutritifs, quand les individus sont pléthoriques, puis de favoriser encore les fonctions digestives, en faisant un peu d'exercice au sortir de table.

C'est aussi à cause des inconvéniens du sommeil aussitôt après le repas, que l'on conseille toujours de souper légèrement, et d'attendre, ensuite, une heure, au moins, avant de se mettre au lit.

QUELQUES NOTIONS UTILES AU SUCCÈS DES ALIMENS,

en ce qui regarde l'usage des autres choses nécessaires à la vie.

Pour que les alimens deviennent aussi favorables que possible à l'entretien du corps et au développement des forces, il est encore indispensable de régler convenablement les autres choses nécessaires à la vie, telles que l'air, les vêtemens, les exercices, le sommeil, etc., etc.

Voici, à ce sujet, quelques-uns des préceptes les plus utiles, et que les personnes faibles doivent surtout observer avec un soin particulier.

Il faut :

1° Veiller à la pureté de l'*air* que l'on respire,

éviter les impressions pénibles de la température ; habiter un lieu sec, accessible aux rayons du soleil, et dont l'air puisse se renouveler aisément.

A cause du grand nombre de maladies qui résultent souvent des variations de l'air et des changemens de saison, Celse, Fr. Hofmann et autres médecins célèbres, recommandent de se ménager alors plus qu'en tout autre temps, et de vivre avec plus de sobriété.

2° Que les *vétemens* maintiennent le corps dans une douce chaleur, ne le compriment en aucune partie, et ne puissent gêner, ni la circulation, ni les mouvemens.

L'usage des corsets, surtout avec des busques, nuit essentiellement aux fonctions digestives ; il occasionne souvent des maladies graves, parmi lesquelles on signale les anévrismes du cœur, la pulmonie, l'hémoptysie, les pâles couleurs, les cancers, les fleurs blanches, etc., etc.

3° Faire de l'*exercice* tous les jours, mais qu'il soit modéré, le faire au grand air quand le temps est favorable, et s'y livrer rarement au point d'exciter trop de chaleur, ou des sueurs abondantes.

Hufeland dit que le moment le plus propre aux exercices du corps, est avant le repas, ou trois heures après.

Hoffmann conseille à ceux qui font peu d'exercice de vivre frugalement, et à ceux qui mangent beaucoup de faire beaucoup d'exercice.

4° Ne rien fixer sur la durée du *sommeil*, et le prolonger autant que le besoin l'exige.

D'après Hoffmann, les signes d'un sommeil suffisant sont l'agilité du corps, la diminution de son poids et la gaieté de l'esprit, sans aucun penchant à un sommeil plus long.

Selon les conseils de Celse, il faut que les personnes délicates restent quelque temps au lit, après être éveillées, et, si elles sont obligées de se lever matin, elles doivent se recoucher dans la journée, surtout si leur digestion a été difficile.

Pendant les chaleurs de l'été, il est utile aux personnes faibles, à celles qui sont maigres et délicates, à toutes celles dont le genre nerveux est très mobile, aux vieillards, aux petits enfans, de se coucher au milieu du jour, afin de dormir un peu, ou au moins de se reposer quelque temps. Outre que le sommeil et le repos tempèrent les effets de la chaleur, ils ramènent aussi, vers les organes de la digestion, une partie des forces que la température faisait diverger à la peau.

5° Ne jamais contrarier les *évacuations* naturelles, comme les grandes transpirations, les menstrues, les besoins d'uriner et d'aller à la selle.

Lorsque les enfans sont sujets à l'incontinence d'urine pendant le sommeil, ils sont plus exposés à cet accident, si, pendant le jour, ils ne satisfont pas à temps le besoin d'uriner, et si, relativement à leur âge ou à leur constitution, ils se livrent à des exercices trop fatigans, ou font usage, surtout au repas du soir, d'une nourriture trop lourde ou trop abondante.

6° Craindre l'abus des plaisirs sensuels et de toutes les *sensations* très vives; éviter autant qu'on le pourra d'entretenir des *affections morales* tristes, ou des *passions* fortes.

L'influence du régime sur le moral ne peut être mise en doute, et j'ai indiqué précédemment les moyens d'en tirer parti, pour diminuer l'empire des passions, apporter quelques adoucissemens aux souffrances de l'ame, et prévenir ou modérer cette sensibilité excessive qui se remarque chez quelques individus, et qui leur rend si pénibles les plus légères contrariétés, et si cuisant le moindre des chagrins. (Voyez pages 25, 48, 49 et 274.)

« C'est surtout dans le temps des repas et celui du sommeil, qu'il importe beaucoup à la santé d'avoir l'esprit gai et libre de passions, car la digestion et le repos du corps souffrent beaucoup, sous l'empire de quelque passion que ce soit : et cependant, la digestion et le sommeil sont des dons de la nature destinés à réparer la perte des sucs et des forces, et à rendre la vigueur à l'esprit et au corps. » (Fr. Hoffmann, *Philosophie du corps humain*, t. 3, p. 26, de la *Méd. raison.*)

RÉFLEXION

SUR LES AVANTAGES DE L'HYGIÈNE.

Les développemens auxquels je me suis livré dans le cours de cet ouvrage, ont fait voir à quels maux nous exposent nos goûts, nos préjugés, nos erreurs, en ce qui concerne les substances alimentaires; ils indiquent aussi, à l'égard de ces substances et des moyens d'en régler le choix et l'usage, ce qu'il importe le plus de connaître pour conserver la santé, pour améliorer les mauvaises dispositions du corps, pour prévenir, pour guérir les maladies, et même pour agir d'une manière avantageuse, sur l'intelligence, le caractère et les passions; en un mot, pour que l'influence incontestable du régime alimentaire puisse modifier favorablement notre organisation, soit au physique, soit au moral.

Et si l'on réfléchit aux nombreuses ressources que nous présente, dans ces circonstances diverses,

la seule partie de l'hygiène qui a rapport aux alimens, on reconnaîtra l'utilité que doit avoir l'étude
tout entière de cette science.

En effet, sous l'influence de l'hygiène, la vie
chez l'homme s'enracine; il se développe plus complètement et avec des formes plus parfaites; ses forces
augmentent, se conservent ou se réparent; c'est par
l'hygiène qu'il maintient la souplesse et le jeu régulier
de ses organes, l'équilibre, l'harmonie de leurs
fonctions; et, riche de force et de santé, autant que
le permet sa constitution, il ressent avec plus de
calme les impressions de son ame, il a plus d'empire
sur lui-même, et trouve moins d'entraves pour régler
ses passions; il peut, avec plus de succès, ou les
tempérer, ou les entretenir, ou leur donner plus
d'énergie.

C'est dans l'étude approfondie de l'hygiène, que
l'on découvre, en général, les secours les plus puissans
contre les affections morbides de longue durée. On
doit à cette science un grand nombre de preuves
démonstratives de la certitude en médecine, les
meilleurs préservatifs des maladies graves, et les
moyens les plus capables de prolonger la vie.

Par la pratique habituelle de ses préceptes les plus
importans, on parvient souvent à se mettre à l'abri
des épidémies meurtrières, et des effets dangereux
des choses excessives auxquelles on est parfois obligé
de s'exposer.

Rien ne contribue plus que cette salutaire pratique, à transmettre d'âge en âge des générations vigoureuses, à entretenir les forces du corps, à favoriser les bonnes dispositions morales, et à conserver le libre exercice des facultés intellectuelles.

Tandis qu'en s'en écartant souvent, l'homme s'affaiblit, il dégénère, il languit, il succombe à la multitude des maux qui l'accablent.

Puisque la santé, les forces du corps et les qualités du cœur et de l'esprit, sont des biens précieux et la base de tout bonheur durable, la science qui aide à les acquérir et apprend à les conserver, n'est-elle pas une science des plus nobles et qui mérite l'attention de tous les hommes?

TABLE ALPHABÉTIQUE.

Les mots en lettres *italiques* désignent les maladies et les mauvaises dispositions du corps ou de l'esprit qui sont citées dans cet ouvrage, parce qu'elles peuvent être occasionnées par un régime mal entendu, ou modifiées favorablement par un régime bien ordonné.

FIN DE LA TABLE.

Rouen. — Imprimé chez NICÉTAS PERIAUX,
rue de la Vicomté, 55.

www.ingramcontent.com/pod-product-compliance
Lightning Source LLC
Chambersburg PA
CBHW070215030726
47505CB00006B/1684